AF494014

Ce volume contient :

1° La Stratonice ou le mal d'amour
Tragi-Comedie 1644.

2° Les Innocens Coupables
Comedie 1645

3° Le Turne de Virgile
Tragedie 1647

incomplet. p. 21-22 [illegible]

LA STRATONICE,
OV LE MALADE D'AMOVR.
TRAGI-COMEDIE.

A PARIS,

Chez { ANTOINE DE SOMMAVILLE, en la Gallerie des Merciers, à l'Escu de France. & AVGVSTIN COVRBE', en la mesme Gallerie, à la Palme. } Au Palais.

M. DC. XLIV.

AVEC PRIVILEGE DV ROY.

A MONSIEVR

BASTONNEAV

Seigneur de Vincelottes, Sauuegenoüil & Pomar, Escuyer ordinaire de la grande Escurie du Roy, &c.

ONSIEVR,

Soit sagesse ou folie, i'ay tousiours estimé qu'il valoit mieux tesmoigner dans les grandes entreprises de la temerité que de la crainte; parce que la premiere a beaucoup de traits du courage, &

l'autre de la lascheté. Dans ce sentiment, ie me suis émancipé de vous presenter vn coup d'essay qui marque autant mon insuffisance que mon zele, en vn mot vn ouurage du prix, duquel on ne peut mieux iuger qu'en considerant les defauts de l'ouurier. Ie sçay que ie deuois choisir vne personne moins considerable que vous, pour garder quelque sorte de rapport entre-elle & mon offrande; mais mon inclination à vaincu mon deuoir; ioinct que Stratonice n'est pas de condition à s'abaisser, l'or de sa Couronne l'esleue par son poids, & l'éclat qui en sort est si vif, que le vulgaire en seroit esbloüy, si cette Reyne estoit en des mains moins esleuées que les vostres; D'ailleurs, Antiochus tout malade qu'il est, dans le dessein qu'il a de voir le monde, conserue assez de courage, pour aymer mieux nauiger en pleine Mer auec danger, que de voyager sur vn fleuue en sureté; mais que dy-ie auec danger, puis qu'il vous a pris pour son Pilote, il ne doit rien craindre; que les enuieux excitent des orages pour le perdre, les flots qu'ils souleueront s'iront briser contre son nauire, & vostre nom qui luy promet vn vent fauorable, sera l'écueil ou ces escumeurs se verront eschoüer; En tout cas, si le peu de lumiere qu'à Stratonice offence la veuë de quelques Hyboux, ie n'apprehende pas que les Aucerrois soient comptez parmy ces oyseaux de mauuais augure, qui n'ont point d'autre iour que la nuict, ny d'autre clarté que les tenebres. Le malade d'Amour peut se plaindre hautement dans Aucerre sans crainte d'esueiller l'enuie, vos merites qui sont pour le moins aussi grands que sa passion, vous ont acquis tant de credit dans cette Ville, que ie ne puis croire sans heresie qu'il s'y trouue personne qui ose attaquer du penser seulement ce que vous protegez, l'affection que chacun vous y porte, m'asseure qu'on aura pitié d'Antiochus, & qu'on aymera mieux le plaindre, & se plaindre auec luy de sa maladie, que de le condamner; ie pourrois m'estendre icy par vne raisonnable disgression, sur la grandeur de vos vertus, & principalement sur l'excellence de celle qu'on peut nommer vn astre bien-faisant, qui influë auec prudence sur tout ce qui luy est inferieur, & monstrer que vous la possedez dans ce iuste milieu que la Morale fait consister entre l'excez & le defaut. Mais ce seroit mettre en auant vne verité que vos actions ont confirmée, & que vous auez apprise presque à tout le monde, puis qu'il n'est pas mesme iusqu'aux étrangers, qui n'en ayent ressenty les effets, & qui n'en publient les loüanges; De ſorte qu'apres vne reconnoiſſance ſi generale de vos merites, ie croy pouuoir dire ſans faire le vain, que i'eſpere iuſtement apres voſtre approbation celle de tous ceux qui vous connoiſſent; ie dy que ie l'eſpere, mais ie ne la ſouhaitte pas, puis que de tous les ſouhaits que ie ſuis capable de former, ie ne fay que celuy de me dire auec voſtre aueu,

MONSIEVR,

Voſtre tres-humble & tres-
obeïſſant ſeruiteur,
BROSSE.

EXTRAICT DV PRIVILEGE du Roy.

PAR grace & priuilege du Roy donné à Paris le seiziesme Mars 1644. il est permis à Anthoine de Sommauille & Augustin Courbé, Marchands Libraires à Paris, d'imprimer vne piece de Theatre, intitulee *la Stratonice*, & deffences sont faites à tous autres d'en vendre ny distribuer, sinon de leurs consentement, sous les peines portées par lesdites lettres.

Acheué d'imprimer le premier Avril 1644.

Les Exemplaires ont esté fournis.

LES ACTEVRS.

SELEVQVE, Roy de Syrie.
ANTIOCHVS, fils de Seleuque, amoureux de Stratonice.
STRATONICE, fille de Demetrius, destinée pour femme à Seleuque.
LEOFONIE, Confidente de Stratonice.
CLIMENE, Gentil-homme du Roy, Confident d'Antiochus.
CLITARQVE, Gentil-homme.
NICRATE, Gentil-homme.
ERASISTRATE, Medecin.
MESSAPPE, Roy de Thessalie.
THAMIRE, Infante de Thessalie.

La Scene est à Damas dans le Palais Royal.

LA STRATONICE, OV LE MALADE D'AMOVR. TRAGI-COMEDIE.

ACTE I.

SCENE I.

ANTIOCHVS, CLITARQVE, CLIMENE.

ANTIOCHVS.

AMIS retirez-vous, vos ſoins me deſobligent,
En l'eſtat où ie ſuis ceux qui m'aydent m'afligent,
Les diſcours ne ſont pas des marques d'amitié,

Vostre entretien accroist mon mal de la moitié:
Ces remedes communs des miseres communes,
S'appliquent vainement aux grandes infortunes,
Vos conseils seruiroient en vn petit mal-heur.
Mais ils sont impuissans à vaincre ma douleur,
Espargnez vn secours qui ne m'est pas vtile,
Ma guerison sera quelque iour plus facile,
Et vous pourrez alors auecques moins d'effort
Surmonter mes ennuis & diuertir ma mort,
C'est du temps seulement que i'espere de l'ayde,
Le secours le plus lent est mon plus prompt remede,
Car le mal qui me presse est cruel à ce point
Qu'on ne m'en peut guerir, qu'en ne m'assistant point.

CLITARQVE.

Prodigieux discours!

CLIMENE.

Estrange maladie?
Qui s'accroist d'autant plus que l'on y remedie,

ANTIOCHVS.

Ouy, mon supplice est tel que ie vous l'ay décrit,
S'il affoiblit mon corps, il abat mon esprit,
La raison ne peut rien contre sa violence,
I'oppose vainement ce que i'ay de constance,

Il sçait faire ceder à ses premiers efforts,
Les puissances de l'ame, & les forces du corps.

CLITARQVE.

C'est dans les grands mal-heurs, qu'vn grand courage éclatte,
Il n'est point d'ennemy que la vertu n'abatte,
Celuy sur qui le sort décharge sa rigueur
Flechit mal-aisement s'il est homme de cœur,
Il se maintient tousiours, ou s'il faut qu'il succombe,
Il s'esleue bien haut auparauant qu'il tombe,
Seigneur consolez-vous, ie croy sans vous flatter
Que vous vaincrez le mal qui veut vous surmonter.

ANTIOCHVS.

C'est ce que ie souhaitte, & ce que i'apprehende,
Amis vit-on iamais de misere plus grande?
Ie hay ma maladie, & ie crain d'en guerir,
I'ay desiré la mort, & i'ay peur de mourir;
Si mon tourment s'accroist, ie soupire & me fache,
Ie suis desesperé si i'ay quelque relasche,
De sorte qu'on peut dire en cette extremité
Que ie me porte mieux quand i'ay moins de santé,
Et qu'en ses fonctions mon ame est interditte
Dés le premier instant que la fievre me quitte.

CLITARQVE.

Ie ne puis rien comprendre en ces propos confus.

ANTIOCHVS.

Ie vous conſeille donc de ne m'eſcouter plus,
Adieu, que l'on m'attende en la ſale prochaine.

CLITARQVE.

Mais Seigneur - - -

ANTIOCHVS.

Il ſuffit, allez, ſuiuez Climene.

SCENE II.

ANTIOCHVS ſeul.

IVſqu'à quand voulez-vous, impitoyables Dieux,
Faire pâtir mon cœur du crime de mes yeux?
Iuſqu'à quand voulez-vous que mon ſuplice dure,
N'aurez-vous point pitié des peines que i'endure,
Ne me verrez-vous point vn iour d'vn œil plus doux,
Et mes cris n'yront-ils iamais iuſques à vous?
C'eſt aſſez et par trop eſprouuer ma conſtance,
Ie ne ſuis plus au point de faire reſiſtance,
Ie ne puis plus hayr vn objet amoureux,
En vn mot ie ſuis las de viure mal-heureux,
I'eſcoute le plaiſir, ma paßion m'entraine,
Ie m'oublie außi-toſt que ie penſe à la Reine,
Et ſi vous ne m'oſtez ce penſer ſuborneur,
L'amour l'emportera ſans doute ſur l'honneur.
Mon amour porteroit preiudice à ma gloire!
Ay-ie perdu l'eſprit, n'ay-ie plus de memoire
Sçay-ie bien qui ie ſuis, & le rang que ie tien,
Ay-ie oubliay mon nom! rien moins, ie m'en ſouuien,
Ie m'appelle Anthioche, & Seleuque eſt mon pere,
Ie ne permettray pas que ſon ſang degenere,

Ie ne ſouffriray pas que la poſterité
M'accuſe de foibleſſe & de temerité,
I'ayme ma belle mere ! & ceſte amour funeſte
Ne m'eſt pas vn poiſon , ne m'eſt pas vne peſte !
Ie puis viure vn moment , & ſentir cette ardeur,
Ie garde ſans mourir, ce venin dans mon cœur !
O Prince mal-heureux , eſtouffe cette flame
Qui fait rougir ton front, et qui noircit ton ame ,
Les Dieux en ſont ſurpris, la Nature en gemit,
Le Ciel en tremble meſme , & la terre en fremit,
Cours plutoſt à la mort , cours plutoſt au ſupplice,
Ferme, ferme tes yeux, aux yeux de Stratonice,
Et deuant que ton cœur ſe rende à cet amour
Pers cent fois, ſi tu peux cent fois perdre le iour !
Mais que dy-ie inſenſé ! qu'elle fureur m'emporte,
Ne ſuis ie pas troublé de parler de la ſorte.
Ay-ie quelque raiſon de ſi mal diſcourir,
Ie doy ſonger à viure & non pas à mourir,
Stratonice le veut, ſa beauté me l'ordonne,
Viuons donc , viuons donc pour ſa ſeule perſonne,
Si ie commet vn crime en aymant ſes appas,
I'en ferois vn plus grand en ne les aymant pas ;
La Nature & les Dieux ne la firent ſi belle
Qu'afin que tout le monde euſt de l'amour pour elle,
Vy donc Anthiochus , & cheris ſes beaux yeux,
De crainte d'offencer la Nature & les Dieux.
O criminelle erreur , ô profane impoſture,
I'offence en les aymant les Dieux & la Nature

Ie manque à mon deuoir, ie viole les Lois,
Ie traitte indignement, le plus digne des Rois,
Ie me rends ennemy du Ciel & de la terre,
Et i'attire ſur moy la rigueur du tonnerre.
Beaux yeux, diuins appas, ceſſez de m'enflamer,
Mon pere ſeulement à droit de vous aimer,
Mon pere ſeulement vous regarde ſans crime,
Et luy ſeul a pour vous vne ardeur legitime,
Tout autre en vous voyant chocque ſa paßion
S'il oſe deſirer voſtre poſſeßion;
Et c'eſt ce qui me pert, & c'eſt ce qui me tuë!
Mon ame à ce penſer vainement s'euertuë,
Ce qu'elle a de raiſon, ce qu'elle a de pouuoir
La quitte, la trahit & cede au deſeſpoir;
Honneur à mon ſecours, c'eſt en toy que i'eſpere,
Sentimens de reſpect qu'vn fils doit a ſon pere,
Horreur qu'on doit auoir des laſches actions,
Dans l'orage où ie ſuis ſeruez moy d'Alcyons.
Inceſtueux penſers, criminelles idées,
Que i'ay iuſqu'à preſent ſi cherement gardées
Coupables ſouuenirs d'vn objet innocent,
Ne reuenez iamais, ma memoire y conſent,
Stratonice n'a plus de beauté qui me touche,
Mon cœur en ce mépris parle plus que ma bouche
Ses appas ſont communs, & mes yeux mieux ouuers
Remarquent dans les ſiens mille deffauts diuers,
Elle emprunte du fard------

SCENE III.

STRATONICE, LEOFONIE, ANTIOCHVS.

STRATONICE.

Leofonie ne fait que paroistre.

C'Est le Prince luy-mesme,

Demeurez,

ANTIOCHVS bas.

Que ie vien de faire vn grand blasféme.

STRATONICE.

Leofonie se retire.

Ie veux luy parler seule afin de l'obliger
A me dire en secret ce qui peut l'afliger.

ANTIOCHVS.

Non, non, ie m'en dedy comme d'vne imposture,
Ces roses & ces lys vous viennent de nature
Vostre rare beauté n'emprunte rien du fard,
Mais ie m'en apperçois & trop tost & trop tard;
Il falloit pour iouyr d'vn destin plus prospere

Que

Que mon ardeur preuint la flame de mon pere,
Ou s'il deuoit vn iour posseder nos attraits,
Il falloit que mes yeux ne vous vissent iamais,
Qu'ils ne vissent iamais vostre aymable visage!
Qu'il ne vissent iamais l'ornement de nostre âge,
Ma langue en ce souhait trahit mon sentiment,
La raison la condamne, & l'amour la dément:
Puis que de tant d'appas, le Ciel vous a pourueuë,
I'eusse esté mal-heureux priué de vostre veuë;
Le bon-heur d'vn mortel, consiste à voir les Dieux,
Et le plus grand de tous est logé dans vos yeux,
Ie le voy, mais il monstre vn visage seuere,
Qu'ay-ie fait, qu'ay-ie dit, qui le mette en colere!
Helas! qu'en peu de temps s'oublie vn grand forfait,
C'est que i'ay mal parlé d'vn chef-d'œuure parfait;
Beaux yeux, employez-vous à demander ma grace,
Empeschez que l'effet ne suiue la menace,
Le Dieu que i'ay faché, quand il est en courroux,
N'a point de traits mortels qu'il n'emprunte de vous.

STRATONICE.

M'est-il icy permis de croire mon oreille,
Prince, resueillez-vous, vostre raison sommeille,
Ouurez, ouurez les yeux, regardez-moy de prés,
Considerez-moy bien, & parlez mieux aprés;
I'admire qu'vn esprit si present que le vostre
Prenne si longuement vn objet pour vn autre,

Me reconnoissez-vous, Prince respondez-moy?

ANTIOCHVS.

Ouy ie vous conoy bien, mais ie me mesconoy.

STRATONICE.

Que dites-vous, Seigneur,

ANTIOCHVS.

Ie confesse ma faute,
Mais ie ne parle pas d'vne voix assez haute,
Vous ne m'entendez pas implorer le pardon,
C'est que vous me iugez indigne de ce don!

STRATONICE.

Qu'elle faute est-ce donc que vous auez commise?

ANTIOCHVS.

Ie la dy sans espoir, qu'elle me soit remise,
I'ay parlé (grande Reyne) auec trop de mépris,
D'vne Dame en beauté, sans exemple & sans prix;

STRATONICE.

Ne m'apprendrez-vous point le nom de cette Dame?

ANTIOCHVS tout bas.

Ma langue encor vn coup trahiras-tu mon ame,
Et contre mon aueu pourras-tu réueler
Vn secret dont l'honneur me deffend de parler,

STRATONICE.

Suis-ie indigne d'ouyr le nom de cette belle
Et ne sçauray-ie point enfin comme on l'appelle?

ANTIOCHVS.

Apres les faussetez qu'ma langue en a dit,
L'honneur de la nommer luy doit estre interdit;
Mais pour vous contenter, aymable Stratonice,
Mes yeux exerceront auiourd'huy son office,
Obseruez leurs regards, ils vous diront assez,
Et mes deffauts presens, & mes crimes passez;
Ils n'ont point d'autre objet que vostre beau visage;
Conclue maintenant à qui i'ay fait outrage,
Deuinez la beauté que ie crains de nommer,
Que ie ne puis hayr, & que ie n'ose aymer.

STRATONICE.

Ie demeure à ces mots interditte & confuse !

ANTIOCHVS.

Ce qui m'a fait faillir me seruira d'excuse :
Mes feux sont criminels, ie ne les celle pas,
Mais qui peut sans brusler contempler vos appas?
Quel esprit assez fort, ou bien assez barbare,
Peut voir & n'aymer pas vne beauté si rare,
Madame, mettez fin à vostre estonnement,
L'amour vous oste vn fils, & vous donne vn Amant,
Quelque cause qu'on cherche, & qu'on se persuade,
Ce ne sont que vos yeux qui me rendent malade,
Et qui seront bien-tost mes cruels assassins,
Si vous ne consentez qu'ils soient mes Medecins.

STRATONICE.

A la fin ie croiray ce qui n'est pas croyable ;
Quoy Prince, vous bruslez d'vn feu si detestable?
Depuis quand ce grand cœur, qui ne faillit iamais,
Forme-t'il vn dessein si lache & si mauuais?

ANTIOCHVS.

Depuis le iour heureux, & mal-heureux ensemble,

Que ie vy vos beautez, à qui rien ne ressemble,
A qui rien ne resiste, à qui tout rend honneur,
Qui causent mon martyre, & qui font mon bon-heur;
Ouy, depuis ce iour-là, mon amour vehemente
A confondu les noms, & de Mere & d'Amante,
I'ay pleuré mille fois, d'estre nay fils de Roy,
Et pour n'estre qu'à vous, i'ay cessé d'estre à moy;
Ce n'est pas (cher objet) dont ie suis idolatre,
Que ie me sois rendu deuant que de combattre,
Ne me soupçonnez pas tant de lacheté,
Ie me suis deffendu iusqu'à l'extremité;
I'auois assez de cœur pour surmonter vos charmes,
S'ils ne m'eussent donné que de foibles alarmes;
I'auois assez de cœur! que dy-ie mal-heureux,
Il faut n'en auoir point pour resister contr'eux,
Et qui ne se rend pas à l'excez de leur grace
S'il en a, c'est vn cœur ou de roche, ou de glace,
Le mien ne fut iamais, ny si dur, ny si froid,
Vous voyez sa tendresse: & sa flame paroist.

STRATONICE.

Qu'il la cache plutost, puis qu'elle est des-honneste,
Mon honneur ne fait point de honteuse conqueste,
Prince, vous m'offencez, d'auoir ces sentimens,
L'amour n'inspire pas de pareils mouuemens;
Quoy que puisse alleguer vostre bouche diserte,
Ils procedent plutost d'vne hayne couuerte,

Du mépris assuré que vous faites de moy,
Et du peu de respect que vous portez au Roy;
Il n'en faut point douter, c'est chose tres-certaine,
Le nom d'amour vous sert à couurir vostre haine;
Si vous m'aymiez autant qu'assurent vos discours,
Vous ne me feriez pas l'objet de vos amours;
La vertu trouueroit plus de place en vostre ame,
Et vous auriez horreur de me vouloir pour femme,
Le penser seulement de l'Hymen contracté,
Vous deuroit faire icy changer de volonté;
Ouy, pour vous deliurer de cette frenesie
Ce deuroit estre assez que le Roy m'ait choisie,
Qu'il m'ait fauorisé de son élection,
Pour partager sa gloire & son affection:
Si vous estiez vn fils, qui respectât son pere,
Vous n'attenteriez pas sur vn bien qu'il espere;
Et ses plaisirs ainsi que ses commandemens
Arresteroient le cours de vos dereglemens;
Ie veux que ce Monarque à qui tout autre cede,
N'ait pas encor iouy des faueurs qu'il possede,
Et que pour accomplir nostre Hymen nuptial
Il ne m'appelle point encor au lict Royal;
Sa parole l'oblige, & la mienne m'engage;
C'est le consentement qui fait le mariage;
Ie puis sans contredit l'appeller mon Espous,
Songez estant à luy, si ie puis estre à vous?
Si vostre ame n'estoit tout à fait aueuglée,
Ce penser esteindroit sa flame dereglée,

Elle auroit vn objet, & des desseins meilleurs,
Elle tairoit son mal, ou le diroit ailleurs;
Tant de rares beautez, tant de grandes Princesses,
Vous presentent leurs cœurs pour prix de vos caresses;
Faites choix de quelqu'vne agreable à vos yeux,
Dont la grandeur atteigne au rang de vos ayeux;
Ayez des passions, sans crime & sans reproche,
Digne de la maison, & du nom d'Antioche,
Faites-vous vne loy, vous qui faites les Lois,
Et redoutez les Dieux, qui sont Iuges des Roys.

ANTIOCHVS.

Les Dieux sont indulgens quand on péche par force,
Ie ne m'en puis garder, mon crime à de l'amorce,
Ie brusle, & vos froideurs ne font que me choquer,
C'est vn Arrest du sort qu'on ne peut reuoquer,
Ie ne sçaurois aymer de beauté que la vostre,
Pourquoy me dittes-vous que i'en choisisse vn autre?
En vous monstrant à moy pour la premiere fois,
Ne m'ostastes vous pas la liberté du choix?
Et puis qu'elle beauté peut-on trouuer au monde,
Qu'vn seul de vos attraits n'efface, & ne confonde,
Quels charmes, quels appas, quelles rares vertus,
Sont dignes seulement d'auoir vostre refus?

STRATONICE.

Dans ce commun mespris, n'offencez pas Thamire,

En qui le Ciel a mis ce que la terre admire,
Elle merite bien de receuoir vos vœux,
Si vostre cœur bruloit de legitimes feux ;
Son pere est absolu dedans la Thessalie,
Aupres de sa grandeur toute autre s'humilie;
C'est un Roy glorieux, redouté, triomphant,
Et qui n'a mis au iour que Thamire d'enfant;
Ce Prince que tout craint, & que rien n'espouuante,
Pretend faire vn Hymen, de vous & de l'Infante,
Il nous l'a fait sçauoir par vn Ambassadeur,
Et Seleuque a promis de plaire à sa grandeur;
Nous auons peu compter vne demie année
Depuis qu'il escriuit touchant cet Hymenée ;
De sorte que s'il veut arrester cet accord,
Ses Vaisseaux entreront bien-tost à nostre port ;
Songez en quel danger vous reduirez la Ville,
Si ce Monarque fait vn voyage inutile,
Sans doute il chassera la paix de nos pays
S'il void vos vœux changez, & ses desseins trahis :
Auisez donc Seigneur, de plaire à ce grand Prince,
C'est de là d'où dépend le bien de la Prouince,
Le repos du pays n'est attaché qu'à vous,
Thamire vous adore, aymez-la, sauuez-nous.

ANTIOCHVS à l'écart.

N'en esperons plus rien, cette belle inhumaine
Fait gloire de paroistre insensible à ma peine,

Elle accuse mes pleurs, et condamne mes cris,
Mais ie sçay le moyen d'euiter ses mespris,
C'est vne inuention de ma melancolie.

STRATONICE.

Prince, à qui parlez-vous?

ANTIOCHVS.

Au Roy de Thessalie,

STRATONICE.

Il est encor trop loing, & vous parlez trop bas.

ANTIOCHVS.

Il est si pres de vous, ne le voyez-vous pas?
Vous arriuez tous deux dans vn mesme Nauire.

STRATONICE.

Pour qui me prenez-vous?

ANTIOCHVS.

Ie vous pren pour Thamire,

STRATONICE.

Dieux qu'elle extrauagance!

ANTIOCHVS.

Enfin malgré l'effort
Des ondes & des vents vous arriuez au port;
Enfin mes maux s'en vont, & mon bon-heur arriue,
N'apprehendez plus rien si proche de la riue,
Vous n'auez pour sortir, qu'à me tendre la main.

STRATONICE.

Certes, vous n'auez pas le iugement bien sain,
Marche-t'on sur la mer? Nauige-t'on sur terre?

ANTIOCHVS.

Ie ne vous entend pas à cause du tonnerre,
Parlez vn peu plus haut, mon cœur, qu'auez-vous dit,
Mais d'où vient cét éclair, & qu'est-ce qu'il predit?
Ce feu si prompt m'a mis vn glaçon dedans l'ame,
N'est-ce point que les Dieux brulent pour vous, Madame?
Qu'ils me portent enuie, & qu'il n'est plus en eux
De taire leur tourment, ny de cacher leurs feux,

STRATONICE.

A vous ouyr parler vostre raison s'égare.

ANTIOCHVS.

Helas ie suis perdu, vostre Vaisseau démare,
Et Neptune propice aux vœux des autres Dieux,
Vous dérobe à la terre, & vous emporte aux Cieux;
Ce traitre rauisseur, superbe de sa proye,
Monte sur les rochers afin que l'on le voye,
Et puis pour conseruer le thresor que ie pers,
Il le va tout à coup cacher dans les Enfers;
Thamire à fait nauffrage, ô perte irreparable!
O mal-heureux Amant, ô Prince déplorable!

SCENE IV.

CLITARQVE, CLIMENE, ANTIOCHVS, STRATONICE.

CLITARQVE.

D'Où vient ce bruit?

ANTIOCHVS.

Venez, ô braues Matelots,
Opposer vostre adresse à la force des flots,
En cette extremité, montrez vostre industrie,
Surmontez la marine, appaisez sa furie:
Mais paresseux Nochers, vous arriuez trop tard,
Les écueils & les vents sont plus forts que vostre art.

STRATONICE.

Vit-on iamais esprit en vn semblable trouble?

CLITARQVE.

C'est infailliblement sa fievre qui redouble.

CLIMENE.

Faisons tous nos efforts pour l'emmener d'icy.

ANTIOCHVS.

Vostre trauail Nochers, n'a pas bien reüssy,
Thamire vogue encor au gré de la tempeste,
Elle s'en va perir, ie voy dessus sa teste
Des rochers esbranslez, et des montagnes d'eaux,
Qui ne s'éleuent point qu'en creusant des tombeaux;
Toutefois, i'apperçoy le Vaisseau de Messape,
Ie le tiens, aydez-moy, de peur qu'il ne m'eschappe,
Lâches, que craignez-vous? auancez promptement.

STRATONICE en s'en allant.

Tachez de le conduire en son appartement,
Ie ne prend pas plaisir à cette réuerie.

ANTIOCHVS.

Helas! c'est à ce coup que Thamire est perie,
L'air deuient plus obscur, la tempeste s'accroist,
Elle heurte vn écueil, sa flotte disparoist;
Mais quelque endroit du monde, où la porte l'orage,

Au mespris de la mort, ie la veux suiure à nage,
Ces tourbillons de vents ne m'espouuantent pas,
Ce ne peut estre icy le lieu de mon trespas,
Ce bon raisonnement, reste encor à mon ame,
Qu'on peut bien viure en l'eau, si l'on vit dans la flame.

Fin du premier Acte.

ACTE II.

SCENE I.

SELEVQVE, CLIMENE.

SELEVQVE.

THrône, ſceptre, grandeurs, ſuperbe habillement,
Que l'eſclat de voſtre or, cauſe d'aueuglement;
Le peuple qui voit tout ſeulement en l'eſcorce,
Ignore le danger que cache voſtre amorce,
Et parce que les Rois ſe font touſiours garder,
Il croit que les ſoucis ne peuuent l'aborder:
Mais ſi ſes yeux eſtoient capables de lumiere,
Il ſortiroit bien-toſt de cette erreur groſſiere,
Et ſans aller plus loing, il connoiſtroit en moy,
Que l'on n'eſt pas heureux, encore qu'on ſoit Roy;
Fidelle Confident à qui i'ouure mon ame,
Les regrets que ie fay, ſont-ils dignes de blâme,
Peut-on me reprocher que ie me plains à tort,
N'ay-ie pas bien ſujet de quereller le ſort,

Ouy, toy qui vois mon cœur, & le trait qui le blesse,
Si ie respens des pleurs, sont ce pleurs de foiblesse?

CLIMENE.

Ie me garderay bien d'en discourir si mal,
Ce sont pleurs de courage, & d'amour sans esgal,
Quand la main de la Parque esbransle vne Couronne,
Pleurer & souspirer n'est honteux à personne,
Chacun doit s'estonner, chacun doit s'émouuoir,
L'espouuante & le dueil sont alors du deuoir,
Iusques-là mesmement, qu'en de telles allarmes,
C'est imbecillité, que d'essuyer ses larmes;
Ie ne vous flatte point en vos aduersitez,
Ie ne le fy iamais en vos felicitez:
Sire vos maux sont grands, & dire le contraire,
C'est paroistre insensible, insolent, temeraire;
Il n'est point pour les Roys de petite douleur,
La grandeur de leurs maux se mesure à la leur,
Et puis la mort d'vn fis si bien nay que le vostre,
Est vne affliction qui surpasse toute autre,
Et comme la Nature a peu vous l'enseigner,
C'est vne playe enfin, qui doit tousiours saigner;
Ie vous consolerois au mal qui vous accable
Mais.....

SELEVQVE.

SELEVQUE.

Mais, tu connois bien que i'en ſuis incapable,
Que tu perdrois ton temps, & que tes bons auis,
S'ils eſtoient eſcoutez, ils ſeroient mal ſuiuis,
Tu me conſolerois, mais l'eſtat de ma vie,
T'en oſte le pouuoir, en t'en donnant l'enuie;
Les Dieux en mon endroit ſe montrent ſi cruels,
Que ie n'eſpere rien du coſté des mortels;
Climene tu fais bien de ne me pas contraindre,
A viure ſans gemir, à mourir ſans me plaindre,
Car ſi tu le faiſois, ie croirois iuſtement,
Que tu ne prendrois part qu'à mes biens ſeulement;
Laiſſe, laiſſe mourir vn miſerable Prince,
Qui voit tomber l'appuy, de toute ſa Prouince,
Qui voit tout ce qu'il a de plus cher, de plus beau,
Enfin qui voit ſon fils ſi proche du tombeau.

CLIMENE.

Le deſeſpoir ſied mal, tant que quelque apparence,
Peut raiſonnablement flatter noſtre eſperance;
Il eſt vray que le Prince à de rudes accez,
Ie conſens que ſon mal ſe porte dans l'excez,
Qu'il ſouffre vne rigueur du tout demeſurée,
Mais les maux violens ne ſont pas de durée,
Et puis le Medecin qu'on attend aujourd'huy,

En l'ostant de danger, vous tirera d'ennuy;
Son nom vanté par tout, m'en promet bonne issuë.

SELEVQVE.

Ah que i'ay peur de voir vostre attente deceuë,
L'art de tous les mortels, ne le peut secourir,
Il faut faire vn miracle afin de le guerir,
De tant d'hommes sçauants, à qui son mal s'expose,
Pas vn iusqu'à present n'en découure la cause,
Chacun me donne à part des auis differens,
Ils viennent tous Docteurs, & s'en vont ignorans.

CLIMENE.

Il faut esperer mieux du braue Erasistrate,
Mais quelqu'vn vient à vous.

SCENE II.

SELEVQVE, NICRATE, CLIMENE.

SELEVQVE.

QVe m'apporte Nicrate?
Es-tu le Messager de la mort de mon fils,
Viens-tu par ce raport terminer mes soucis,
Ne me fay pas languir, parle & sois veritable?

NICRATE.

Sire, le Ciel vous voit d'vn œil plus fauorable,
Vous vous deffiez trop de la bonté des Dieux,
Ils ont sur vostre fils, & dessus vous les yeux.

SELEVQVE.

Comment donc?

NICRATE.

Sa raison à repris son vsage,

Il ne voit plus la mer, il ne fait plus naufrage,
Il iuge maintenant des objets comme ils sont,
Et son poulx ne va plus d'vn mouuement si prompt.

SELEVQVE.

Ah tu me donnes plus, & de ioye & de gloire,
Que si tu m'annonçois le gain d'vne victoire,
Que si tu m'esleuois sur tout le genre humain,
Que si tu me mettois cent sceptres à la main:
Mon fils ce porte mieux! Ah ie pasme de ioye,
Vn torrent de plaisirs me surprend & me noye,
Les Dieux en ce besoin, me daignent secourir!
Ah ie cesse de viure, en cessant de mourir;
Ces souuerains du Ciel, m'ont encor en memoire!
L'ayse que i'en reçoy m'empesche de le croire,
Et cet heureux succez me surprend tellement,
Qu'il sert comme d'obstacle à mon contentement.

NICRATE.

Si sur vn simple auis, que mon deuoir vous donne,
A de si grands transports vostre ame s'abandonne,
Si mes discours ont pû vous rauir à ce point,
Que ne direz-vous pas, que ne ferez-vous point?
Et comment faudra-t'il que vostre ioye éclatte,
Alors que vous verrez paroistre Erasistrate,
Dont le rare sçauoir & la fidelité,

Vous mettront en repos, & le Prince en ſanté;
Sire, ie l'ay laiſſé dans la ſale prochaine,
Commandez que ie rentre, & que ie vous l'ameine.

SELEVQVE.

Va, cours, vole Nicrate, & reuole en ces lieux,
Ajouſte à ton diſcours, la preuue de mes yeux.
Celeſtes Deitez, monſtreZ voſtre clemence,
Où deuroit éclatter toute voſtre vangeance,
Apres auoir oſé murmurer contre vous,
Ie ſçay que ie merite vn traitement moins doux;
Mais ſi vous regardez la faute que i'ay faite,
Regardez qui ie ſuis, regardez qui vous eſtes,
SongeZ que ie ſuis pere, & que i'ayme mon fils,
Que ſa mort m'euſt cauſé des tourmens infinis,
Et que vous ne pouuiez ouurir par cette atteinte,
Mon cœur à la douleur, ſans l'ouurir à laplainte.

SCENE III.

SELEVQVE, ERASISTRATE, NICRATE, CLIMENE.

SELEVQVE.

Sage et docte Vieillard, approchez vous de moy.

ERASISTRATE.

La Majesté des Roys imprime de l'effroy,
Et de tant de vertus l'esclat les enuironne,
Qu'il faut baisser les yeux aupres de leur personne.

SELEVQVE.

Haussez-les hardiment, & lisez sur mon front,
Le sentiment que i'ay d'vn seruice si prompt,
La distance de lieux, la saison, & vostre âge,
Pouuoient vous dispenser de ce facheux voyage.

ERASISTRATE.

Lors qu'il est question de donner du secours,

A ceux à qui le sceptre assujettit nos iours,
Lors que le mal s'attaque à des ames si belles,
Sire, les Medecins doiuent auoir des ailes.

SELEVQVE.

Vostre bouche m'apprend par ce noble propos,
Que vostre cœur conçoit des vœux pour mon repos,
Et que mon fils vaincra le mal qui le possede,
Si le Ciel seulement laisse agir le remede.

ERASISTRATE.

En ce cas ie promets à vostre Majesté,
De remettre bien-tost Anthioche en santé.

SELEVQVE.

Si vous effectuez ce discours qui me flatte,
Vous n'obligerez pas vne personne ingratte;
I'achette les bien-faits.

ERASISTRATE.

Ie trouue mon loyer,
Dans l'honneur qu'vn grand Roy me fait de m'em-
ployer.

SELEVQVE.

Ie sçay mieux reconnoistre vn zele sans exemple,
Ie vous promets vn bien, plus solide et plus ample.

ERASISTRATE.

Grand Prince espargnez-moy.

SELEVQVE.

Vous ne m'espargnez pas.

NICRATE.

Vne autre chose encor ameine icy mes pas,
On découure du port à fort peu de distance,
Vingt ou trente Vaisseaux de superbe apparence,
Que le vulgaire prend, en les voyant si beaux,
Pour autant de Citez flottantes sur les eaux;
I'ay creu de mon deuoir de venir vous le dire.

SELEVQVE.

Mon sang à ce raport se glace & se retire,
La peine où tu me mets est sans comparaison,
I'ay peur d'vne surprise & d'vne trahison;
Ie crains que ces Vaisseaux ne m'annoncent la guerre,

Et

Et que l'eau ne les iette armez dessus ma terre.

CLIMENE.

Ces superbes Vaisseaux qui font voile en Damas,
Portent escrit l'amour, & la paix sur leurs mats,
Vn certain mouuement me suggere & m'inspire,
Que c'est le Roy Messape, et l'Infante Thamire.

SELEVQVE.

Que les bons Conseillers sont vtiles aux Rois,
Cher Climene ie vy, mais sans vous ie mourois,
La tristesse où mon âme estoit enseuelie,
M'empeschoit de songer au Roy de Thessalie,
Et la peur de loger chez moy mes ennemis,
Me faisoit oublier l'Hymen que i'ay promis;
Vostre auertissement me le met en memoire,
Les Vaisseaux que l'on voit sont chargez de ma gloire,
Ie craignois l'ennemy, mais ie reconnois bien,
Qu'vn amy vient lier son sceptre auec le mien:
C'est sans doute Messape, et la belle Thamire,
Que mon fils croyoit voir tantost dans vn Nauire,
C'est elle qu'il cherit, il la possedera,
Elle la fait malade, elle le guerira;
Mais auant que leur flotte ait pris terre au riuage,
Où les Dieux s'il leur plaist la rendront sans dõmage,

Anicrate. *Allez auec mes gens dessus le bord de l'eau,*
Vous leur ferez escorte au sortir du Vaisseau;
Vous Climene ayez soing de la santé du Prince,
Rendez ce bon office à toute la Prouince,
Menez Erasistrate en son appartement,
Peu de temps differé par fois nuit grandement:
Moy, ie rentre au Palais, pour auertir la Reine
Du bon-heur impreueu que l'onde nous ameine.

SCENE IV.

STRATONICE, LEOFONIE.

LEOFONIE.

LE Roy sort, contentez mon zele & mes desirs.

STRATONICE.

Puis que tu veux sçauoir mes secrets déplaisirs,
Entend, non n'entend pas; Leofonie approche,
Mets la main sur mon cœur, & parle d'Antioche,
Tu connoistras assez au nom de ce vainqueur,
L'incroyable tourment dont ie sens la rigueur;
Tu sçais, ouy tu le sçais, tes yeux te l'ont peu dire,
Que son maintien rauit, que son visage attire,

Et qu'on remarque en luy, tout malade qu'il eſt,
Vne complexion qui contente & qui plaiſt,
Tu le ſçais, ie le ſçay, perſonne ne l'ignore,
Iuge la qualité du mal qui me deuore,
Donne ton iugement de mon infirmité,
Et ne m'afflige pas en mon aduerſité:
Tu peux auec raiſon t'offencer de ma flame,
Mais reſpecte celuy qui l'allume en mon ame,
Ne me condamne pas, ou condamne les Dieux,
Et la Nature auſſi qui m'ont donné des yeux;
Sur tout, ſoit que ton cœur approuue ma deffaite,
Soit qu'il la deſauouë, il faut eſtre ſecrette,
Ie t'en coniure au nom d'Antioche & de moy,
Ne porte pas mon crime aux oreilles du Roy,
Ne luy declare point mon ardeur inſenſée,
Et que meſme ton cœur la taiſe à ta penſee.

LEOFONIE.

Mon ſilence en ce cas ſurpaſſera vos vœux,
Ne croyez pas pourtant que i'approuue vos feux,
Ils ſont trop criminels, & trop illigitimes,
Où ſont ces ſentimens, & ces vertus ſublimes,
Où ſont, où ſont enfin ces reſolutions,
De ne faire iamais de laſches actions?
Eſtre Amante du fils, & l'eſpouſe du pere,
Ah ie ne puis parler, et ie ne me puis taire!
Engager ſa parole, & puis la violer,

Ah ie ne me puis taire, & ie ne puis parler,
Madame ſongez y.

STRATONICE.

Songes y bien toy-meſme,
Et tu prendras pitié de ma douleur extréme,
Songe que c'eſt vn Dieu qui me vient aſſaillir,
Vn Dieu peut-il manquer, vn Dieu peut-il faillir?
Ne blame point l'ardeur dont mon ame eſt atteinte,
Puis qu'vn Dieu me l'inſpire, il faut qu'elle ſoit ſainte,
Puis qu'vn Dieu me l'enuoye, il la faut receuoir.

LEOFONIE.

Reſiſtez luy Madame.

STRATONICE.

Il a trop de pouuoir.

LEOFONIE.

Vous vous deffendez mal.

STRATONICE.

Ie me ſuis deffenduë.

LEOFONIE.

Opposez la raison.

STRATONICE.

Elle est desia renduë.

LEOFONIE.

Oyez parler l'honneur.

STRATONICE.

Ie suis sourde à sa voix,
Ie ne l'escoute plus.

LEOFONIE.

Entendez donc les loix.

STRATONICE.

Les loix n'obligent pas ceux qui les peuuent faire,
Tu n'as qu'à repliquer, si tu veux me déplaire,
Ie cheris mon tourment, laisse le moy souffrir,
Tu pourrois l'augmenter en voulant l'amoindrir,
I'ayme, & ie veux aymer; mais qui? C'est Antioche,

Pleust au Ciel que mon cœur fut de bronze ou de roche,
Que ie fusse insensible à ses charmans appas,
Ie l'ayme le cruel, & luy ne m'ayme pas,
Il porte ses desirs dedans la Thessalie,
Où mon mauuais destin permettra qu'il s'allie :
Mais......

LEOFONIE.

Vous n'acheuez pas.

STRATONICE.

Mais vn mesme flambeau,
Mettra son corps au lict, & le mien au tombeau ;
Quelque grande amitié que Seleuque me porte,
S'il m'embrasse iamais il m'embrassera morte.

LEOFONIE.

Comment, vne Princesse à ce point s'oublier!
Se plaire en ses defauts iusqu'à les publier?
Vne puissante Reine, en vn mot Stratonice,
Viure honteusement, faire vertu du vice!
Ah, veritablement, ie n'y puis consentir,
C'est trop blesser son sang, & trop le démentir,
C'est trop degenerer de ses braues ancestres ;
N'escoutez plus l'amour, ses conseils sont des traitres,
N'escoutez plus l'amour, si vous aymez l'honneur,

N'escoutes plus l'amour, car c'est vn suborneur :
Voyez, voyez desia, comme il vous a trahie,
Vous aymez vn objet, dont vous estes haye,
Antioche entretient vostre amoureux soucy,
Vous demandez son cœur, il ne la plus icy;
Thamire le possede, il n'en est plus le maistre;
Vous ay-ie assez montré que l'amour est vn traitre?
Vous ay-ie asseZ fait voir que ce n'est qu'vn trompeur,
Vn esclair, vn fantôme, vn songe, vne vapeur,
Vous reste-t'il encor quelque legere flame,
De cet embrasement qui ruinoit vostre ame?
Ces feux pernicieux ne sont-ils pas esteins,
Contre vne vaine amour mes conseils sont-ils vains?
La raison à parlé, l'auez vous escoutée?

STRATONICE.

Chere Leofonie, elle m'a surmontée,
Ie connois maintenant l'erreur où i'ay vescu,
Mon esprit est vainqueur, alors qu'il est vaincu,
Amour n'est plus sinon qu'vn tyran que ie braue,
Ie suis libre à present, & i'en fay mon esclaue;
Il est dedans mon cœur, ie l'y veux estouffer,
Il y perdra la vie, au lieu d'y triompher;
Mon honneur, & mon rang, ma foy, ma renommée,
Font pour le surmonter vne puissante armée,
Tous conspirent sa perte, & tous d'vn mesme accord,
Pour vn pareil dessein, font vn pareil effort;

Mon honneur le surprend, mon rang donne l'alarme,
Ma foy me le soumet, mon renom le desarme;
Ie tire ma raison des outrages soufferts,
Il taschoit de me perdre, & c'est moy qui le pers:
Ie pers pareillement la memoire du Prince,
Pleust aux Dieux que iamais ie ne m'en ressouuince,
Ie voudrois de mon cœur effacer son pourtrait,
Que dis-ie ie voudrois, il est desia deffait;
Ie me ry de l'amour, & des traits qu'il décoche,
Ie brule pour Seleuque, & non pour Antioche;
Il vient, Leofonie, abandonnons ce lieu,
Cedons à ce mortel, pour surmonter vn Dieu.

LEOFONIE.

Vous gaignez en fuyant vne belle victoire.

SCENE V.

SCENE V.

ANTIOCHVS ſeul.

NE me trompez vous point, mes yeux vous dois-ie croire?
Eſt-ce elle que i'ay veuë, eſt-ce elle qui me fuit?
Ouy, mais c'eſt vainement, puis que mon cœur la ſuit;
Quelque endroit où mes feux chaſſent cette cruelle,
Si mon corps en eſt loing, mon ame eſt aupres d'elle,
Et i'admire en cecy la puiſſance d'amour,
Qui me rauit mon ame, & me laiſſe le iour;
Plus heureux mille fois ſi ie perdois la vie,
Puis qu'elle eſt et ſera, de tant de morts ſuiuie;
Aymer ſans eſperance, eſperer ſans raiſon,
Déteſter ma franchiſe, adorer ma priſon,
Paroiſtre touſiours froid, & n'eſtre que de flame;
Ce ſont là les bourreaux, qui déchirent mon ame,
Ce ſont là les Vautours, qui deuorent mon cœur,
Ce ſont là les tourmens dont ie ſens la rigueur:
Vien Reine ſans pitié, vien femme inexorable,
Vien cruelle, non pas pour m'eſtre ſecourable;
Mais vien pour contempler un mal-heureux Amãt,

Qui veut par son trespas t'apprendre son tourment;
Car n'attens pas enfin, que ma langue trahisse
Ce cœur, qui veut celer qu'il ayme Stratonice;
Ie l'ay dit vne fois, ie ne le diray plus,
Ie ne vay pas deux fois demander vn refus:
Tu blamas mon amour quand ie la fy paroistre,
Au lieu de la loüer, & de la reconnoistre,
Et si ie n'eusse vsé de prompte inuention,
Le mépris eust suiuy la reprehension;
Ne crains point desormais que ie t'en importune,
Ne crains point de sçauoir ma mauuaise fortune,
Ie veux souffrir pour toy, sans te dire mon mal,
Ie veux t'aymer, & voir mon pere mon riual,
Enfin ie veux mourir pour toy, sans te le dire;
C'est le dernier conseil que ta beauté m'inspire.

Fin du deuxiesme Acte.

ACTE III.

SCENE I.

MESSAPPE, SELEVQVE.

MESSAPPE.

APres auoir long-temps enduré sur la mer,
Les caprices frequens, & de l'onde & de l'air,
Apres auoir long-temps suporté leur furie,
Leur rage ou leur pitié m'a conduit en Syrie,
Où veritablement ie trouue tant d'appas,
Que ie pense estre au Ciel, que d'estre dans Damas;
Mais i'admire bien-fort, comme a mon arriuéee,
Tout le peuple a crié d'vne voix esleuée;
Le voicy ce grand Roy, si long-temps souhaitté,
Pour le salut du Prince & pour la liberté,
N'attendons plus du sort que des succez prosperes,
Le sceptre n'ira pas en des mains estrangeres:
Ce Monarque est puissant, & son heureux abord,
Releue la Couronne, & luy sert de suport:

Ie prierois volontiers vostre grandeur Royale,
De m'expliquer icy ceste voix generale;
Car ie ne pense pas selon mon iugement,
Pouuoir vous apporter aucun soulagement,
Quelque acclamation où le peuple s'emporte,
Vous supportez bien seul le throne qui vous porte.

SELEVQVE.

Seigneur, dites plutost, que si ce n'estoit vous,
Ie tremblerois dessus, ou gemirois dessous:
Mon peuple qui connoist la foiblesse du Prince,
A peu dit, en disant l'appuy de ma Prouince;
Il deuoit vous nommer; sa paix, son protecteur,
Son Ange tutelaire, et son liberateur.
Si le flus de la mer eust tardé dauantage
A pousser vos Vaisseaux dessus nostre riuage,
Vostre espoir eust trouué dans le port vn écueil,
Ie veux dire Antioche, ou moy dans le cercueil.

MESSAPPE.

Comment cela Seigneur?

SELEVQVE.

Helas le dois-ie dire,
A ce ressouuenir ma douleur deuient pire,

Ie ſens mille poignards qui me percent le cœur.

MESSAPPE.

Qu'eſt-ce donc, c'eſt aſſez me tenir en langueur.

SELEVQVE.

Vous auiez & i'auois choiſi ceſte iournée,
Pour ioindre nos Eſtats par vn double Hymenée;
Car i'attendois touſiours l'abord d'vn ſi grand Roy,
Pour accomplir l'Hymen de mon fils & de moy:
Mais le Ciel ou l'Enfer, contraire à mon enuie,
Comme s'il enuioit le bon-heur de ma vie,
Ou comme s'ils eſtoient nos communs ennemis,
Ils ruïnent, grand Roy, la ſanté de mon fils.

MESSAPPE.

O que vous m'apprenez vne triſte nouuelle,
Qu'elle eſt ſa maladie, & d'où procede-t'elle?

SELEVQVE.

C'eſt qu'il ayme Thamire, & ſon mal vient d'amour,
Il a creu luy parler, et la voir tout le iour;
Iuſqu'à s'imaginer que ſa nef vagabonde,
Flottoit abandonnée à la mercy de l'onde,
Qu'elle eſtoit engagée entre mille rochers,

Où les vents la poussoient en dépit des Nochers.

MESSAPPE.

Cela nous monstre bien, que tout Rois que nous sõmes,
Nous viuons icy bas comme les autres hommes;
Et que les Immortels par leurs secrets ressorts,
Affligent les esprits aussi bien que les corps;
Mais perseuere-t'il dedans cette creance?

SELEVQVE.

Grace au Ciel, il est hors de cette extrauagance,
Son œil n'est plus trompé par ces illusions,
Ny son ame égarée en ces confusions;
De sorte que ie croy qu'à l'aspect de Thamire,
Sa santé reuiendra comme ie la desire;
Vn de ses doux regards est assez suffisant,
D'alleger la douleur qu'il endure à present,
Elle porte en ses yeux, son mal & son remede.

MESSAPPE.

La voicy qu'elle vient, disons luy qu'elle l'ayde.

SCENE II.

MESSAPPE, SELEVQVE, THAMIRE, STRATONICE.

MESSAPPE.

Vous n'estes pas ma fille à sçauoir que le Ciel,
Châge en dueil nostre ioye, et nos douceurs en fiel;
La tristesse qu'on voit sur le front de Madame,
A peu sans ses discours en instruire nostre ame;
Ie n'entreprend donc point de vous dire vn mal-heur
Qui me ferme la bouche & qui m'ouure le cœur;
Car si-tost que ie pense au sort qui nous trauerse,
Ie sens en cet endroit vn poignard qui me perce,
Ce qui me reste donc à vous faire sçauoir,
C'est vn triste accident où vous deuez pouruoir:
Antioche languit dedans l'impatience,
De vous dire son mal, qui naist de vostre absence,
Secourez-le Thamire, & ne rougissez pas,
D'offrir à son amour vous mesme vos appas;
Vous le deuez, ma fille, & ie vous y conuie.

THAMIRE.

Sire i'accompliray de tout point voſtre envie.

MESSAPPE.

Nous l'allons conſoler dedans ſon deſeſpoir,
Ne tardez pas beaucoup à vous y faire voir.

THAMIRE.

I'ay trop de paßion pour eſtre pareſſeuſe.

SELEVQVE.

Que vous eſtes charmante, aymable, officieuſe,
Quand l'eſprit de mon fils auroit quitté ſon corps,
Ie croy qu'il reviendroit pour voir tant de treſors.

SCENE III.

THAMIRE, STRATONICE.

THAMIRE.

Vrayement vous m'estonnez, quoy? qu'Antioche sente,
Pour vn objet absent, vne ardeur si presente?
C'est sans doute vn effet du tout prodigieux,
Qu'il adore vn objet que n'ont pas veu ses yeux;
I'ay peine de le croire, & i'en fay du scrupule.

STRATONICE.

Mon ame, cache icy la flame qui te brusle; Elle dit ce vers à l'escart.
Que vostre estonnement diminuë en ce point,
Nous adorons les Dieux que nous ne voyons point;
Les merueilles qu'on dit de ces hautes puissances,
Portent à les aymer nos basses connoissances,
Et celuy des mortels feroit mal son deuoir,
Qui pour les honnorer attendroit à les voir;
Le recit qu'on a fait de vos bontez certaines,
Vos celestes appas, vos vertus plus qu'humaines,

Ont surpris Antioche, & vostre seul renom,
Le porte à reuerer iusques à vostre nom;
Ce petit Dieu qui fait de si grandes merueilles,
S'est dedans son esprit glissé par les oreilles,
Comme si par respect il eust choisi ces lieux,
A cause qu'il surprend les autres par les yeux:
C'est vous asseurement qui le rendez malade,
La raison vous le montre, & me le persuade;
Quand le Roy vostre pere enuoya par écrit,
L'hymen que l'on receut aux charges qu'il offrit;
Vous sçauez qu'Idamon apporta vostre image,
Afin qu'on vous connut au moins sous vn ombrage;
Bien que l'on ne vous vit en ce petit tableau,
Que comme le Soleil lors qu'on le voit dans l'eau;
Vous ne laissates pas d'inspirer de la flame
Dans le cœur d'Antioche, & de charmer son ame,
Mais auecques tant d'heur, que ce portrait fatal,
Le força doucement d'aymer l'original;
Depuis il s'est montré triste, pensif, farouche,
Tousiours le nom d'amour & le vostre à la bouche;
Enfin si fort épris de vos appas si doux,
Qu'il me parloit tantost, croyant parler à vous;
Iugez apres cela, s'il est vray qu'il vous ayme?

THAMIRE.

I'admire extrémement sa passion extréme,
Et ie ne puis nonplus ne m'émerueiller pas,

De voir qu'vn grand cœur cede à de foibles appas.

STRATONICE.

Ie ne replique pas afin de vous complaire,
Mais vn miroir pourra vous montrer le contraire.

THAMIRE.

Vostre ciuilité vous fait parler ainsi.

STRATONICE.

Et vostre humilité vous fait respondre icy.

THAMIRE.

Si ie suis vaine aussi, vous en aurez reproche.

STRATONICE.

Vuidons ce different par l'auis d'Antioche.

THAMIRE.

Il en iugera mal, s'il veut en iuger bien.

STRATONICE.

Elles feignent de s'en aller.

Tousiours son sentiment sera conforme au mien.

SCENE IV.

CLIMENE, STRATONICE, THAMIRE.

CLIMENE.

Madame, au nom du Prince, oyez parler Climene,
Et tremblez au recit du suiet qui l'amene.

STRATONICE.

Qu'est-ce encor ! nos mal-heurs pires que le trépas,
N'ont-ils donc commencé que pour ne finir pas;
Climene exprime toy, ton silence me fasche.,
Ie ne crains point d'ouyr ce qu'il faut que ie sçache?

CLIMENE.

I'obseruois Antioche en son appartement,

Où i'estois par le Roy commis expressement,
Et comme on ne peut voir son mal en son courage,
I'essayois de le voir au moins en son visage;
Lors que s'appperceuant du dessein que i'auois,
Conoy, dit-il, mon mal, & mon cœur en ma voix,
Assez & trop long-temps i'ay souffert sans le dire,
Entend, fremy d'horreur, plains moy dãs mõ martyre:
Icy deux grands soupirs trancherent son discours,
Mais peu de temps apres il en reprit le cours;
Dur renouuellement de ses douleurs extrémes!
(Voicy ses sentimens & ses paroles mesmes.)
Cét inconnu poison qui rampe dans mes os,
Qui trouble ma raison, qui m'oste le repos,
Ce noir & froid chagrin, cette humeur triste & sombre,
Qui me fait méconnoistre vn corps d'auec vn ombre,
Ce silence profond qu'on me voit obseruer,
Ce desir d'estre seul, & de tousiours resuer,
Bref mon trépas certain qui met la Cour en arme,
Est le mortel effet de la force d'vn charme,
Tel, qu'hommes, Dieux, Demons, ne m'en sçauroient guerir,
Ny moy le desirer, sans me faire mourir.

THAMIRE.

Déplorable Princesse, et mal-heureuse Amante,
Apres ce que ie sçay puis-ie rester viuante?

STRATONICE.

Ie ne demande pas si tu t'es informé,
Si le Prince connoist celuy qui l'a charmé.

CLIMENE.

Comme ie poursuiuois cet important affaire,
Que ton Zele, a-t'il dit, m'est funeste & contraire;
Trop curieux amy, sçache que ie suis mort,
Si ie viens à nommer qui m'a donné ce sort;
Le plus qu'il m'est permis au fort de mes souffrances
C'est de l'enuisager sous quelques apparences;
Ainsi lors qu'il se montre, & qu'il veut m'esmouuoir,
Cette aparition se fait dans mon miroir;
Mais ne presume pas que tout le monde voye,
Cet obstacle puissant de mon bien, de ma ioye;
La Reyne seulement peut repaistre ses yeux,
D'vn accident si rare & si prodigieux:
Icy l'ame de crainte, & d'horreur agitée,
Il mit entre mes mains cette glace enchantée,
Il luy presente le miroir que tient vn page qui le suit. *Obligeant mon deuoir par son commandement,*
De la venir remettre aux vostres promptement;
Receuez-là, Madame, & s'il vous est possible,
Voyez y les effets d'vne cause nuisible,
Découurez-y l'Autheur des troubles de la Cour,
Que ce traitre Enchanteur, enfin paroisse au iour.

STRATONICE tenant le miroir.

Ie n'y remarque point d'Enchanteur n'y de charmes.

THAMIRE.

N'est-ce point que vos yeux qui se fondent en larmes,
Sont ou trop languissans, ou trop craintifs pour voir,
L'horrible enchantement que cache ce miroir.

STRATONICE.

Peut-estre, mais, Madame, ayez assez d'audace,
Pour consulter aussi ceste fatale glace;
Vos yeux qui n'ont pas moins de clarté que d'appas,
Verront en ce Cristal ce que ie n'y voy pas.

THAMIRE.

Vous auriez iuste droit de me croire insensée,
Si tant de vanité tomboit en ma pensee;
Puis que vous n'auez sceu rien découurir icy,
Quoy que vous me flattiez, i'en pers l'espoir aussi:
Mais pour vous tesmoigner combien ie vous reuere,
A ma confusion, i'entreprend de vous plaire;
Donnez-moy, le succez est tel que ie l'ay dit,
Tout m'arriue desia comme ie l'ay predit:

Elles regardent ensemble dans le miroir.

Mes yeux pour voir vn charme, en vain font leur office,
Ie n'en apperçoy point que ceux de Stratonice.

STRATONICE.

Les vostres se font voir auecque plus d'éclat,
Mais, Madame, il est temps de finir ce debat,
Plutost que ce miroir, consultons Antioche,
Vn pas nous rend vers luy, sa chambre est icy proche.

THAMIRE.

I'y mourray, si le Ciel exauce mes souhaits.

STRATONICE bas.

Acheuons de nous perdre, Amour ce sont tes traits.

SCENE V.

MESSAPPE, SELEVQVE, ANTHIOCHVS, ERASISTRATE.

On tire la toile, Antiocus paroist dans sa Chambre sur vn lict & le Medecin aupres de luy.

MESSAPPE.

ADieu, consolez-vous, & reprenez courage,
Nous serions importuns d'estre icy dauantage.

SELEVQVE.

Adieu mon fils, adieu, demeurez en repos.

ANTIOCHVS sur son lict.

Ils s'en vont.

Visite surperfluë, inutile propos,
Rigoureuse pitié, vaine & dure tendresse,
Puis qu'elle accroist tousiours la douleur qui me presse,
Ce zele, cét amour, ces soins continuels,
Rendent fatalement mes tourmens plus cruels;
Vn pere qui prend part au mal qui me possede,
M'oblige d'en hayr & d'en fuir le remede.
Vous qui prenez le soing de prolonger mes iours,

Ce n'est pas de vostre art que i'attens du secours,
Ce qui peut alleger mon supplice & ma peine,
Est par dessus l'objet de la science humaine,
Vous n'auez iamais veu de pareil accident,
Mon malheur est commun, & n'est pas éuident,
Plusieurs en sont atteins, pas vn n'en perd la vie,
C'est à moy seulement qu'elle sera rauie,
Le Ciel l'ordonne ainsi, rien ne peut l'empescher.

ERASISTRATE bas.

Il découure son mal en le voulant cacher.

ANTIOCHVS.

Mon mal-heur n'est pas tel qu'on se le persuade,
Ce corps se porte bien, l'ame seule est malade,
I'ay du feu dans le cœur.

ERASISTRATE bas.

L'amour cause son mal.

ANTIOCHVS.

Mais ie fais en brulant, vn crime sans esgal.

ERASISTRATE bas.

Ce mot me met en peine.

SCENE VI.

STRATONICE, THAMIRE, ANTIOCHVS, ERASISTRATE.

STRATONICE.

ENtrez icy Madame.

ANTIOCHVS.

N'enten-ie pas la Reyne?

ERASISTRATE.

Elle mesme.

ANTIOCHVS.

Ah ie pasme!

ERASISTRATE bas.

Quelle alteration se remarque en son poulx,
Il change de couleur!

STRATONICE.

Seigneur consolez-vous,
Voicy ce doux objet, voicy cette Princesse,
Qui cause vos langueurs, qui fait vostre tristesse;
La voicy qu'elle vient alleger vos douleurs,
Estouffez vos souspirs, ne versez plus de pleurs,
Ou bien, si vous pleurez, pleurez d'aise & de ioye,
Et benissez le Ciel, du bien qu'il vous envoye;
Elle dit ces deux vers à l'escart. *Et moy ie maudiray son iniuste pouuoir,*
Qui m'inspire l'amour, & qui m'oste l'espoir.

THAMIRE.

Grand Prince, s'il est vray que mon amour vous touche,
Faites que vostre cœur paroisse en vostre bouche,
Montrez en faisant treve auecques les souspirs,
Que mon esloignement causoit vos déplaisirs,
Que mon absence seule en estoit l'origine,
Et que ma seule veuë auiourd'huy les termine;
Disposez desormais de moy, comme de vous,

Et respirez un air plus serein & plus doux;
Rompez, vostre silence.

ANTIOCHVS.

Helas c'est une extase,
Vne preuue, un effet, de l'ardeur qui m'embrase,
Tant de contentemens m'accueillent à la fois,
Que ie pers au besoin l'vsage de la voix;
Mais les yeux suppléront au deffaut de la langue,
Escoutez-les Madame, il vous font leur harangue,
Ce sont des Orateurs qui ne déguisent rien,
Si vous daignez les voir, vous les entendrez bien;
Vn regard seulement vous peut faire comprendre,
Ce qu'vn discours d'vn iour ne pourroit vous apprendre;
Leur langage muet à qui l'entend vn peu,
Met des pleurs au dehors, pour exprimer du feu;
Considerez-moy donc, voyez couler mes larmes,
Et iugez de l'ardeur que m'inspirent vos charmes:
Ah ie vous en dy trop, car i'ay iuré les Dieux
De n'en parler iamais que du cœur & des yeux;
Ouy ie les ay iurez, & leur pouuoir supréme,
De ne dire iamais, Madame, ie vous ayme.

Il se tourne à St[ra]tonice.

THAMIRE.

Vous l'aymeZ ?

ANTIOCHVS.

Ie l'adore.

THAMIRE.

Elle ?

STRATONICE.

Madame.

ANTIOCHVS

Non.

THAMIRE.

Stratonice.

STRATONICE.

Rien moins.

ANTIOCHVS.

Thamire, c'est son nom.

STRATONICE.

Reconnoissez-là donc, ie ne suis pas Thamire,
Découurez-luy vos feux, au lieu de me les dire,
C'est elle, & non pas moy, qui vous les a causez.

ANTIOCHVS.

Vous n'estes pas Thamire! Ah Madame excusez, A Thamire.
C'est que vos doux appas, c'est que vostre presence,
M'apporte tant de gloire & de reiouyssance,
C'est qu'estant tout en vous, ie suis si hors de moy,
Que ie pense vous voir en tout ce que ie voy;
Si ie ne dy plutost, en faueur de ma flame,
En faueur du sujet qui l'allume en mon ame,
En faueur de mon zele extréme & sans pareil, Ils se tourne à Stratonice.
Que ie suis ébloüy si pres de mon Soleil.

ERASISTRATE bas.

Stratagéme d'Amour.

THAMIRE.

Si i'ay quelque lumiere.

C'est de vous seulement qu'elle vient toute entiere ;
N'auoir sceu penetrer le miroir enchanté,
Est vn signe éuident de cette verité.

ANTHIOCHVS.

Ah !

STRATONICE.

N'auez-vous pas veu dans cette claire glace,
Les charmes merueilleux de vostre bonne grace ;
Vous imaginez-vous que s'en soient d'autres qu'eux
Qui fassent soupirer ce discret amoureux?

THAMIRE.

Son merite infini me fait douter s'il m'ayme.

STRATONICE.

Vous le sçaurez, Madame, et de sa bouche mesme,
Seigneur, Mais d'où luy vient cet assoupissement?

ERASISTRATE.

Ne vous estonnez pas, c'est vn rauissement,
Ie connois à peu pres d'où vient sa maladie,
Souffrez que ie sois seul, & que i'y remedie.

THAMIRE.

THAMIRE.

Volontiers.

ERASISTRATE.

Cependant, priez les Immortels.

STRATONICE.

Nous allons de ce pas visiter leurs Autels;
Mais que puis-ie implorer de leur pouuoir celeste,
Si comme son trépas, sa santé m'est funeste,
Fidelité, deuoir, honneur, amour, raison,
Prieray-ie pour sa mort, ou pour sa guerison.

Elle fait passer Tamire la premiere, puis elle dit ces quatre vers.

SCENE VII.

CLIMENE, ERASISTRATE, ANTIOCHUS.

CLIMENE.

N*E puis-ie auoir l'honneur d'entretenir le Prince?*

ERASISTRATE.

Il repose à present.

CLIMENE.

Il m'a dit que ie vinsse,
Et i'ay dressé mes pas en cet appartement,
Afin de satisfaire à son commandement.

ERASISTRATE.

Monsieur parlons plus bas de crainte qu'il s'éueille.

ANTIOCHVS en réuant.

Ne flechiray-ie point sa rigueur sans pareille,
Et iamais mes souspirs ne pourront-ils toucher,
Ce cœur impitoyable, ou plutost ce rocher!

CLIMENE.

Il ne sommeille plus, souffrez que ie m'approche.

ANTIOCHVS.

Au moins belle inhumaine, éuitez le reproche,
Ne donnez pas sujet à la posterité,

De dire, ſa rigueur égaloit ſa beauté.

ERASISTRATE.

Monſieur, n'auancez pas, le Prince dort encore.

CLIMENE.

Il parle.

ERASISTRATE.

C'eſt qu'il reſue.

ANTIOCHVS.

Ingratte que i'adore,
Indigne objet des vœux d'vn ſi fidelle Amant,
Inſenſible pour qui i'ay tant de ſentiment ;
Reyne ſans amitié, cruelle Stratonice,
Puis qu'il faut que ie meure, ordonnez mon ſupplice.

ERASISTRATE bas.

Ces mots ont mes ſoupçons tout à fait éclaircis,
Que Seleuque eſt à plaindre auſſi bien que ſon fils.

ANTIOCHVS éueillé.

Enfin i'ay dißipé ces importuns atômes,
Qui font voir en dormant mille diuers fantômes,
Et qui representant les objets qu'on a veus,
Nous font entretenir de ceux qui nous ont pleus:
Mais ou ie resue encor, ou i'apperçoy Climene?

CLIMENE.

Monseigneur.

ANTIOCHVS

Ie sçay bien le sujet qui t'ameine;
De grace esloignez-vous..

ERASISTRATE.

Ah mon Prince!

Erasistrate s'en va.

ANTIOCHVS.

Il suffit,
Approche, parle bas, et bien qu'a-t'elle dit,
As-tu bien exprimé le mal-heur de ma vie?

CLIMENE.

I'ay Seigneur en ce point ſurpaſſé voſtre enuie;
Et ſans exaggerer voſtre ſort rigoureux,
I'ay tiré des ſoupirs de ſon cœur genereux.

ANTIOCHVS.

Ie puis donc eſpérer cet honneur de ma Reine,
Que puis qu'elle a daigné ſoupirer de ma peine,
Que ſes yeux où l'amour allume ſon flambeau,
Ne refuſeront pas des pleurs à mon tombeau;
Ainſi iamais ma mort ne peut-eſtre qu'heureuſe,
Ainſi mes iours n'auront qu'vne fin glorieuſe:
Mais tu ne m'apprends rien de ce miroir fatal?

CLIMENE.

Stratonice n'a ſçeu penetrer ſon criſtal.

ANTIOCHVS.

Doncques ſes deux beaux yeux, touſiours remplis de flames,
Qui penetrent les cœurs, qui conſument les ames;
Doncques ces deux Soleils n'ont pas eu le pouuoir,
De fondre à leurs rayons la glace d'vn miroir!
Donc il faut que ie verſe inceſſamment des larmes,

Et que ie ſois touſiours tourmenté par des charmes.
Mais ne ſeroit-ce point que la timidité
A deſtourné ſes yeux du miroir enchanté?

CLIMENE.

Rien moins.

ANTIOCHVS.

Elle a donc veu .....

CLIMENE.

Rien du tout dauantage,
Que les charmes diuins qui ſont en ſon viſage.

ANTIOCHVS.

Climene ſe retire.

Climene c'eſt aſſez, retire-toy d'icy;
Que ſes charmes diuins! & ce ſont eux auſſi,
Ouy ce ſont ſes appas, qui font que ie ſoupire,
Sa beauté ſans pareille, entretient mon martire,
Ses yeux ſont les auteurs des rigueurs de mon ſort,
Ils ſont mes enchanteurs, mon ſupplice, & ma mort;
Eux ſeuls me rendent triſte, à iamais miſerable,
A moy-meſme ennuyeux, à tous inſuportable;
Pour eux ſeuls ie languis, & pour eux ſeuls ie meurs,
Enfin ie ne ſens point de charmes que les leurs;

Mais pour voir mon mal-heur, ils manquent de lumiere,
Ces Astres ont perdu leur vertu coustumiere;
Il ne connoissent pas la puissance qu'ils ont,
De peur de secourir les mal-heureux qu'ils font:
I'esprouue leur rigueur! et pourtant ie les ayme,
La contrainte où ie vy, n'est elle pas extréme,
Et mon aueuglement n'est-il pas bien fatal,
De souhaitter du bien à qui me fait du mal?
Ah mon ame, ah mon cœur, imitez Stratonice,
Viuez indifferens, n'aymez que par caprice,
Elle a peu de tendresse, ayez peu d'amitié,
Et soyez sans amour, comme elle est sans pitié:
Mais cela ne ce peut, Stratonice est trop belle,
Mon cœur à ce propos contre moy se rebelle,
Et mon ame commence à ne plus m'animer,
Depuis que ma raison luy deffend de l'aymer;
Ayme donc, Antioche, ayme sa tyrannie,
Cheris infiniment, sa rigueur infinie,
Que toute ta foiblesse éclatte en cet effort,
De peur que tu ne sois coupable de ta mort.

Fin du troisiesme Acte.

ACTE IV.

SCENE I.

CLIMENE, ERASISTRATE.

CLIMENE.

Tellement que les Dieux menaçent la Prouince
D'esbranler son repos par la cheute du Prince,
Tellement que vostre art ne sçauroit balancer,
Ce foudre que leurs mains sont prestes à lancer;
Que deuiendra Seleuque à ce rapport funeste,
Ne bannira-t'il pas la raison qui luy reste;
Pourra-t'il escouter la mienne en ce mal-heur,
Et ne mourra-t'il pas de rage et de douleur:
Prudent Erasistrate, en qui l'experience,
Assemble ses secrets à ceux de la science;
Conseruez le renom que vous auez acquis,
Faites viure Seleuque, en guerissant son fils:
Aux hommes comme vous, il n'est rien impossible.

ERASISTRATE.

ERASISTRATE.

Le ſort en ſa rigueur eſt par trop inflexible,
Et lors qu'il a conclu le treſpas de quelqu'vn,
L'ayde des Medecins & du vent, c'eſt tout vn.

CLIMENE.

O deplorable fils, ô pere inconſolable !

ERASISTRATE.

La pitié ne rend pas leur deſtin plus traittable ;
Et nous pourrions tous deux nous noyer dãs nos pleurs,
Sans finir pour cela le cours de leurs douleurs ;
Puis que c'eſt fait du Prince, & qu'on le deſeſpere,
Il eſt bon d'eſſayer d'y reſoudre ſon pere,
De luy repreſenter qu'il n'eſt rien icy bas,
Qui puiſſe s'affranchir des horreurs du trépas,
Que la mort, ſans reſpect diſpoſe des perſonnes,
Qu'elle met la houlette, en l'ordre des Couronnes ;
Enfin, que c'eſt en terre vn Arreſt general,
Qui condamne le Prince ainſi que le vaſſal.

CLIMENE.

Il ſera plus émeu que s'il ſentoit la foudre,
A quoy m'obligez-vous ?

ERASISTRATE.

Il faut vous y resoudre,
Puis qu'il est assuré qu'vn mal-heur est plus grand,
Et plus mortel encor, alors qu'il nous surprend.

CLIMENE.

Ie m'en le vay trouuer, mais auecques l'enuie
De perdre auparauant la parole & la vie.

ERASISTRATE.

Il dit seul ces trois vers. *Ie vous suiuray de prés, auec intention*
De poursuiure le cours de mon inuention;
D'elle dépend la vie, ou la mort d'Antioche;
Mais ou mon œil se trompe, ou la Reine s'approche.

SCENE II.

STRATONICE, LEOFONIE.

STRATONICE.

DY moy, Leofonie, eſt-ce trahir mon ſang,
Eſt-ce bleſſer ma gloire & déchoir de mon rang,
N'eſt-ce pas vn effet d'vne ame genereuſe,
D'eſteindre en ſa naiſſance vne flame amoureuſe,
De fuir & de hayr vn plaiſir ſouhaitté,
Et d'armer ſa raiſon contre ſa volonté?

LEOFONIE.

C'eſt la marque en effet d'vne force infinie.

STRATONICE.

I'ay bien plus fait encor, chere Leofonie;
I'ay veu comme l'objet de mon auerſion,
Celuy de mon amour & de ma paßion;
Et pour faire paroiſtre vne vertu Royale,
Aux yeux de mon Amant, i'ay loüé ma riuale,

C'est moy qui l'ay conduite en son appartement,
Et qui les ay priez de s'aymer tendrement.

LEOFONIE.

Ah que ceste actionmerite de loüanges.

STRATONICE.

Qu'amour est absolu, que ses coups sont estranges,
Ie croyois sans effort me tirer de ses fers,
Et ie meurs en pensant à ceux que i'ay soufferts;
Forme-toy des tourmens, figure-toy des peines,
Pires que le trépas & qui soient moins humaines,
Assemble tous les maux qu'on peut imaginer,
Et dont le penser seul pourroit assaßiner;
Toutes ces cruautez & ces rigueurs vnies,
Sont de ce fier tyran les moindres tyrannies;
Ce ne sont que des fleurs qu'il fait bon odorer,
A l'esgard des douleurs qu'il ma fait endurer;
Les cordeaux, le poison, la faim, le fer, la flame,
N'affligent que le corps, il m'a bourrelé l'ame;
Il a gesné mon cœur en cent mille façons,
Tantost dans des brasiers, tantost dans des glaçons;
Si i'opposois l'honneur il proposoit des charmes,
Il m'offroit des plaisirs, si ie versois des larmes;
Si bien que mon esprit, & que mes appetis,
Ont balancé long-temps entre ces deux partis:

Mais à la fin l'honneur a gagné la victoire,
Antioche n'a plus de place en ma memoire ;
Seleuque me possede, & ce Roy glorieux,
Arreste en ses vertus mon esprit et mes yeux ;
Tu vois qu'il a fallu que ie me sois trahye ;
Tu vois qu'il a fallu que ie me sois haye ;
Crois-tu que cet effort puisse partir d'vn cœur
Où la vertu languit sans force & sans vigueur ;
Le crois-tu ?

LEOFONIE.

Nullement, ie m'asseure au contraire,
Qu'il passe le pouuoir d'vn courage ordinaire,
Et qu'vn autre que vous dans vn pareil danger,
Eust aymé mieux perir que de s'en dégager.

STRATONICE.

Tu t'en peux asseurer, car il est veritable,
Ie ne me vy iamais en vn trouble semblable ;
Mes yeux estoient d'accord auec mes autres sens,
D'abandonner mon cœur à des charmes puissans ;
Ma raison d'autre-part, plus fidelle & plus forte,
Deffendoit hautement d'en vser de la sorte ;
Ce n'estoient que combats, ce n'estoient que discors,
L'esprit contre disoit aux sentimens du corps.....

LEOFONIE.

Madame, le Roy vient.

SCENE III.

SELEVQVE, STRATONICE, LEOFONIE.

SELEVQVE.

A quoy ſonge la Reyne,
Soupire-t'elle icy noſtre commune peine,
S'entretient-t'elle icy de nos mauuais deſtins,
A trauerſer nos vœux obſtinez et mutins;
La crainte d'augmenter ma douleur par la ſienne,
Luy fait-elle cacher ſa triſteſſe à la mienne?
Ah cette belle bouche, & ces yeux abaiſſez,
En ne m'en diſant rien m'en aſſurent aſſez.

STRATONICE.

Puis que ie vous apprens meſme par mon ſilence,
Des ennuis que ie ſens l'extréme violence,
Il me ſieroit fort mal de vouloir perſiſter,

A vous celer encor ce qui peut m'attrister;
Ouy, Sire, ie prens part au mal-heur d'Antioche,
Ie ressens tous les traits que le Ciel luy décoche,
S'il endure beaucoup, ie ne souffre pas moins,
Les Dieux en sont autheurs, les Dieux en sont tesmoins;
Vous cherissez ce fils à l'égal de vous mesme,
Vous l'aymez tendrement, c'est ainsi que ie l'ayme,
Iusques à voir mes ans precipiter leur cours,
Vers l'eternelle nuit où s'encline ses iours,
S'il meurt, ie ne croy pas que ie puisse plus viure.

SELEVQVE.

Ce discours m'est facheux, cessez de le poursuiure,
C'est me tyranniser que de parler ainsi,
Prenez part à ma ioye, & non à mon souci;
Quelques rudes que soient les tourmens que i'endure,
De voir incessamment mon fils à la torture,
Quoy que son mauuais sort m'afflige estrangement,
L'aspect de vos beautez me donne allegement,
Aupres de vos appas mes ennuis se dissipent,
Vos yeux ont des douceurs que mes maux participent;
Ma tristesse se passe, alors que ie vous voy,
Et ie ne gemis plus pour mon fils ny pour moy,
Ie me sens trop heureux.....

STRATONICE.

Loing de la complaiſance,
Voſtre douleur s'accroiſt plutoſt en ma preſence;
L'amour que vous portez au Prince voſtre fils,
Ne peut en m'approchant eſloigner vos ſoucis.

SELEVQVE.

Princeſſe où la vertu ſe fait voir toute pure,
Eſtimez-vous vos yeux moins forts que la nature?
Non, non, vous & mon fils, n'en doutez nullement,
Vous partagez tous deux mon cœur également;
L'amitié de tous deux tient mon ame aſſeruie,
Vous perdant, ie perdrois la moitié de ma vie,
Ie ſerois demy mort en le perdant außi,
Bref, ſans vous & ſans luy ie ne puis viure icy;
Mes deſtins à vos iours ont attaché ma trame,
Antioche eſt mon cœur, Stratonice eſt mon ame,
Ouy vous eſtes mon ame (adorable beauté)
Faites donc que le iour ne me ſoit pas oſté;
Empeſchez, empeſchez, que ce mal-heur m'arriue,
Vniſſez-vous à moy, permettez que ie viue,
Souffrez qu'vn Sainct hymen, par ſes ſacrez accors,
Aſſemble à cet effet mon ame auec mon corps;
Mon amoureuſe ardeur à reſpect ſans égale,
A trop long-temps ſouffert le tourment de Tantale;

I'ay

I'ay vécu, i'ay vécu, trop long-temps dans le feu,
Il est bien de raison que ie respire vn peu;
Mon courage se rend, ma paßion eschappe,
Celebrons nostre hymen en faueur de Messappe,
Puis que pour l'accomplir nous n'attendions que luy,
Qu'il mette vostre main dans la mienne auiourd'huy.

STRATONICE.

Il ne peut m'arriuer plus d'heur, ny plus de gloire,
Vostre condition vous oblige à le croire,
Amour ne sçauroit pas me recompenser mieux,
Ny m'esleuer plus haut, s'il ne m'esleue aux Cieux;
Mais parmy ces plaisirs que le vostre m'octroye,
Comment gousterez-vous vne parfaite ioye?
Et comment celebrer vn nuptial accord,
Ayant deuant les yeux l'image de la mort?
C'est ce qui ne se peut, sans vn desordre extréme;
Ie vous en fay le Iuge, & l'arbitre vous mesme;
Que ne diroit-on pas? si le mesme flambeau,
Mettoit le pere au lict et le fils au tombeau;
Seigneur, si vostre oreille escoute mes paroles,
Ie croy que mes raisons ne seront pas friuoles.

SELEVQVE.

Vostre prudence est grande, il le faut auoüer,
Pour estre trop loüable on ne vous peut loüer

Il est vray que ma flame au point qu'elle se range,
Semble au lieu d'eclairer, obscurcir ma loüange;
Et parce que l'amour est en moy violent,
Il semble que son feu me noircisse en brulant;
Mais ce vice est bien loing de mon ame enflamée,
Le feu qui la deuore, est vn feu sans fumée,
Qui ne peut obscurcir mon renom ny mes iours,
Et qui ne noircit point, quoy qu'il brule tousiours:
Pour diuertir l'hymen que ie vous persuade,
Vous me representez qu'Antioche est malade,
C'est par cette raison que ie veux l'auancer,
L'Estat me le conseille, & ie m'y sens forcer;
Vn instinct de nature, & que le Ciel me donne,
Me dit que cet Hymen maintiendra la Couronne;
Que mon fils prendra part à ma ioye, à mon bien,
Par vn secret rapport de son sang & du mien;
Sa guerison dépend de ce sainct Hymenée,
Que nous l'acheuions donc auecques la iournée;
Allez-vous preparer à ces chastes amours,
Separons-nous vn peu pour estre vnis tousiours.

STRATONICE.

C'est assez.

SELEVQVE.

En passant, vous verrez Antioche.

STRATONICE bas.

Mon courage arme-toy, car le combat s'approche.

SELEVQVE.

Que i'ayme cette belle.

LEOFONIE bas.

Et moy que ie la plains.

SCENE IV.

SELEVQVE, CLIMENE.

CLIMENE bas.

TYrannique deuoir.

SELEVQVE sans voir Climene.

D'où me vient que ie crains!
Quelque nouueau mal-heur menace la Prouince,

CLIMENE.

Erasistrate.....

SELEVQVE.

Et bien?

CLIMENE.

Vous mande que le Prince....

SELEVQVE.

Cruel, n'acheue pas ce funeste rapport,
Ta langue est vn poignard qui me donne la mort,
Elle tuë en parlant, & ta voix criminelle,
Me cause en vn moment vne peine éternelle;
Tu m'en as assez dit, ie t'ay trop écouté,
Cesse vn triste discours qui m'oste la clarté,
Ne m'assaßine plus d'vn recit lamentable;
Mais pourquoy tairas-tu mon mal-heur veritable,
Ne me deguise rien, i'aymeray ce discours,
Si sa suitte met fin à celle de mes iours.

CLIMENE.

Que ne suis-ie à cette heure, ou sans vie, ou sans lãgue.

SELEVQVE.

Acheue viſtement ta funeſte harangue,
Ie n'ay que trop langui, donne le coup mortel,
Tu me ſeras plus doux, ſi tu m'és plus cruel,
Parle, & tuë en parlant.

CLIMENE.

Plutoſt que ie periſſe.

SELEVQVE.

Ta pitié ioint icy la longueur au ſupplice,
Haſte-toy, dy moy tout.

CLIMENE.

Ie ne puis.

SELEVQVE.

Ie le veux,
Pour contenter ton Roy, fay plus que tu ne peux.

CLIMENE.

Sire, diſpenſez-moy d'vn raport ſi funeſte,
Eraſiſtrate vient, il vous dira le reſte.

SELEVQVE.

Le trespas de mon fils est escrit sur son front,
O Dieux ! Pourquoy le mien n'est-il pas aussi prompt.

SCENE V.

ERASISTRATE, SELEVQVE, CLIMENE.

ERASISTRATE bas.

F*Eignons bien.*

SELEVQVE.

Il vient donc de quitter la lumiere ?
Quelle belle parole a-t'il dit la derniere,
Quels regrets a-t'il fait en rendant l'ame aux Dieux,
De ne m'embrasser pas à ses derniers adieux ?

ERASISTRATE.

Sire, il respire encor, mais son corps & son ame,
Ne s'entretiennent plus que par vn trait de flame,

Vn moment changera ſon lict en vn tombeau,
Et le vent d'vn ſouſpir eſteindra ſon flambeau.

SELEVQVE.

Barbare que dis-tu? ta rigueur ſans pareille,
Me coule du poiſon dans l'ame par l'oreille;
Quoy mon fils, quoy mon ſang, mon plaiſir, mon eſpoir;
Quoy l'appuy de mon ſceptre, eſt donc ſi pres de choir;
Quoy l'vnique Soleil qui m'eſclaire en ce monde,
Se perd dans vne nuict eternelle & profonde;
La parque le rauit, ſans que l'art des humains
Le puiſſe dégager de ſes ſanglantes mains;
A ſes mortels efforts, il n'eſt rien qui ne cede!

ERASISTRATE.

Sire, on y peut encor apporter du remede;
Mais comme vn tel ſecours ne dépend que de moy,
Ie ne le donne pas pour l'Empire d'vn Roy.

SELEVQVE.

D'vn Roy!

ERASISTRATE.

De tous les Roys, qui ſont deſſus la terre.

SELEVQVE.

Quel Dieu lança iamais par la bouche vn tonnerre!
Ie te puis appeller Basilic mille fois,
Ce qu'il fait par les yeux, tu le fais par la voix;
Tu peux tirer mon fils, & moy du precipice,
Ton art peut empescher que l'Estat ne perisse,
Tu peux leuer de terre vn Monarque abatu,
Cruel, si tu le peux, pourquoy ne le fais-tu?

ERASISTRATE.

Quand ie vous auray dit, sans feinte & sans reserue,
Ce qu'il faut que ie fasse, afin que ie vous serue,
Comme il faut m'oublier, comme il faut me trahir,
Pour sauuer Antioche, & pour vous obeyr,
Au lieu de me blasmer, Sire, i'ay la creance,
Que vous approuuerez ma desobeyssance.

SELEVQVE.

I'approuuerois l'arrest, & le coup de ma mort;
Mais dy moy ce secret qui t'importe si fort,
Ton silence m'afflige autant que tes paroles,
Pour parler hardiment, croy que tu me consoles,
Ie me rens attentif; Dieux que ne puis-ie aussi
Me rendre desormais insensible au souci.

ERASISTRATE.

ERASISTRATE.

Ie vais, ô triste Roy, vous apprendre vne histoire,
Facheuse à raconter, & difficile à croire:
Doncques pour exprimer le tout en peu de mots,
Vous sçaurez que l'amour est cause de vos maux;
Mais vn amour honteux, mais vn amour iniuste,
Mais vn amour qui n'a que son sujet d'auguste,
Qui porte vostre fils à cherir vn objet
Charmant, mais pour son rang, trop bas, & trop abjet;
Ouy, Sire, ie l'ay dit, & ie le dis encore,
L'amour de vostre fils le perd, vous des-honnore;
Se feux sont criminels, & luy qui sçait cela,
Veut dompter en mourant la passion qu'il a.

SELEVQVE.

Sans doute vous resvez, il brule pour Thamire,
Me des-honnore-t'il, fait-il vn crime?

ERASISTRATE.

Ah, Sire,
Souffrez que mes propos vous retirent d'erreur,
Son cœur est agitté par vne autre fureur.

SELEVQVE.

Quel autre feu pourroit s'allumer en son ame?

ERASISTRATE.

Celuy qu'il a trouué dans les yeux de ma femme.

SELEVQVE.

De ta femme; à ce mot ie demeure interdit,
De ta femme resveur!

ERASISTRATE.

Luy mesme me l'a dit.

CLIMENE.

Si ie croy ma raison, ie ne le sçaurois croire.

ERASISTRATE.

Sur qui ne peut amour remporter la victoire;
Cessez d'estre ébahis de cette nouueauté,
Il triomphe tousiours, où combat la beauté,

SELEVQVE.

Il est vray que mon fils pourroit bruler pour elle,
Si le Ciel l'auoit faite außi noble que belle;
Si la voix du renom ne flatte pas ses yeux,
Ils ont dequoy charmer les hommes & les Dieux;
Mais où l'auroit-il veuë, aprend le moy de grace:

ERASISTRATE bas.

Vn iour, las & recreu des plaisirs de la chasse,
Il vint se rafraichir dérobé de ses gens,
Dans vn petit logis que ie possede aux champs;
Il y vit Polybie (on nomme ainsi ma femme,)
Außi-tost la fraicheur luy pleust moins que la flame,
Il arresta ses yeux où son cœur s'attachoit,
Bref, il perdit chez nous le repos qu'il cherchoit.

SELEVQVE.

Mon esprit ne fay point plus longue resistance,
Connois sa verité dessous cette apparence;
L'amour, ce fier tyran, range tout sous ses loys,
Et l'on ne peut mentir à la face des Roys;
Ie ne reuoque plus ce que tu dis en doute,
Mon iugement se tait, & ma raison t'escoute;
Mais c'est pour t'obliger d'escouter à ton tour,

Mon pouuoir qui te parle auecques mon amour,
Tu peux en ma faueur rompre le nœud qui lie,
Tes plaisirs & tes iours à ceux de Polybie;
Et puis poussé d'vn zele & rare & genereux,
Faire place en ton lict à mon fils amoureux.

ERASISTRATE.

Que me conseillez-vous?

SELEVQVE.

Le bien de la Prouince.

ERASISTRATE.

Ma honte.

SELEVQVE.

Ton honneur.

ERASISTRATE.

Perdre vne femme.

SELEVQVE.

Vn Prince.

ERASISTRATE.

Violer l'Hymenée.

SELEVQVE.

Aller contre mes Loix.

ERASISTRATE.

Offencer tous les Dieux.

SELEVQVE.

Assaßiner deux Rois.

ERASISTRATE.

Tous ces propos sont vains ie ne m'y puis resoudre.

SELEVQVE.

Ie me sers de mon sceptre ainsi que de la foudre;
Cede luy.

ERASISTRATE.

I'ayme mieux en ressentir les coups.

SELEVQVE.

Fay-le pour ton profit.

ERASISTRATE.

Sire, le feriez vous?
Supposez qu'Antioche adore Stratonice,
Que cette Reyne ait fait son amoureux supplice,
Et que pour le guerir, il la luy faut ceder;
Pourriez-vous sans douleur vous en deposseder,
Pourriez-vous sans mourir la bannir de vostre ame?

SELEVQVE.

Il seroit mal-aisé d'esteindre cette flame,
Ie souffrirois beaucoup, ie t'en fais vn aueu;
Mais pour sauuer mon fils, ouy, i'éteindrois mon feu.

ERASISTRATE.

Vostre cœur parle-t'il?

SELEVQVE.

Il parle, ou ie perisse.

ERASISTRATE.

Quoy vous oublirierez....

SELEVQVE.

Tout, moy-mesme & Stratonice.

ERASISTRATE.

Ah vous n'en iurez pas.

SELEVQVE.

Ah, i'en iure ses yeux,
Que i'ayme, et que ie crains autãt que tous les Dieux.

ERASISTRATE.

Apres vn tel serment ie ne doy plus rien craindre,
Antioche est heureux, et vous estes à plaindre;
Stratonice elle seule, est cause de son mal,
Ses attraits ont changé vostre fils en riual.

SELEVQVE.

Stratonise, est-il vray!

ERASISTRATE.

Rien n'est plus veritable.

CLIMENE.

Quelle preuue auez-vous d'vne chose incroyable?

ERASISTRATE.

Aussi-tost qu'il la voit, vn feu subtil & prompt,
Brille dedans ses yeux, & fait rougir son front,
Vne chaude sueur humecte son visage,
Sa langue à de la peine à trouuer son vsage,
Bref son cœur, & son poulx se sentent alterez,
Ce sont là de l'amour les signes assurez.

SELEVQVE.

Il ayme Stratonice!

ERASISTRATE.

Et quittera la vie,
Si sa possession n'assouuit son enuie.

SELEVQVE.

SELEVQVE.

Naturels ſentimens d'amour & d'amitié,
Que me conſeillez-vous, la hayne, ou la pitié,
Le pardon d'Antioche, ou ſa peine exemplaire?
Qui des deux eſt coupable, ou le fils ou le pere?
Puis que nous pourſuiuons tous deux vn meſme bien,
Eſt-il plus mon riual, que ie ne ſuis le ſien?
Ah! ce raiſonnement me met à la torture,
Mon amour me deffend d'écouter la Nature,
La Nature deffend d'eſcouter mon amour;
Qui des deux entendray-ie, à qui ſeray-ie ſour!
Vous puis-ie, ô Stratonice, oublier ſans reproche,
Te ſçaurois-ie ſans crime oublier Antioche;
Non, non, ie ne ſçaurois, il n'y faut pas penſer,
Si mon amour eſt iuſte, il m'en doit diſpenſer.
Abandonner mon fils, ie ne le puis ſans blâme,
S'en eſt fait, s'en eſt fait, mon ſang eſteint ma flame,
Stratonice eſt à toy, cher appuy de mes iours,
Reſpire ſans contrainte, & ſois heureux touſiours,
Ie te fay poſſeſſeur de ce treſor inſigne,
En n'oſant l'eſperer, tu t'en és rendu digne,
Il ſuffit que ton cœur ait long-temps combattu,
Tu l'auras, mon amour le cede à ta vertu.
Que dy-ie à ſa vertu! ſon ame criminelle,
N'en conſerua iamais vne ſeule eſtincelle;
Qui ſeroient les meſchants? ſi les inceſtueux,

Et si les criminels passoient pour vertueux,
Pour qui seroient les fers, & pour qui les supplices,
Si l'on recompensoit les crimes & les vices?
Antioche en fait vn qui n'eust iamais d'esgal,
Il deuint parricide aussi-tost que riual,
Ce fils dénaturé, dans sa brutale enuie,
Veut m'oster Stratonice, & c'est m'oster la vie;
Mais i'arresteray bien ce furieux projet,
C'est assez que ie regne, & qu'il soit mon sujet;
Ie puis sans offencer la dignité de pere,
Préter pour le punir l'oreille à ma colere,
Et s'il veut persister en ses lasches desseins,
Ie puis à mon courroux prester enfin les mains;
Ouy cruel, ouy brutal, ouy perfide Antioche,
Ie puis t'oster le iour, sans crime & sans reproche,
Ie te puis condamner, & mesme ie le doy,
Sinon comme ton pere, au moins comme ton Roy;
Tu choques sans respect d'vne insolence esgale,
La dignité de pere, & la grandeur Royale;
Aussi dois-tu sentir toute la cruauté,
D'vn Roy que l'on offence, & d'vn pere irrité;
Ingrat resous-toy donc à ce double supplice,
Ou pour t'en garantir, n'ayme plus Stratonice,
Ne considere plus ce qu'elle a de charmant,
Ayme la comme fils & non pas comme Amant;
Forme des vœux plus saincts, & moins illegitimes,
Demande moy pardon, repent toy de tes crimes,
Sinon prepare-toy de mourir de ma main;

Vn iuste chastiment ne peut estre inhumain.

Vous Vieillard sans respect, comme sans preuoyance, A Erasistrate.

Homme de grand sçauoir, et de peu de prudence,

Qui loing de terminer, augmentez mes ennuis,

Si vous n'y pouruoyez, vous sçaurez qui ie suis.

Fin du quatriesme Acte.

ACTE V.

SCENE I.

SELEVQVE, CLIMENE, CLITARQVE.

SELEVQVE.

ENfin que doy-ie faire, & que puis-ie resoudre,
D'vn & d'autre costé i'entens gronder la foudre.
D'vn et d'autre costé ie preuoy des mal-heurs,
Qui me feront verser du sang au lieu de pleurs;
Si ie cede à l'amour, ie cede à la colere,
Si ie suis bon Amant, ie suis vn mauuais pere.
Si mon cœur est sensible, il n'a point de pitié,
Et si i'ayme tousiours, ie suis sans amitié;
Dures extremitez, effroyable supplice,
Il faut perdre Antioche, ou perdre Stratonice.
Fidelles Conseillers, qui voyez mes transports,
Encor plus furieux au dedans qu'au dehors,
Opposez vos Conseils à tant de violence,
Condamnez la nature ou l'amour au silence;

Apprenez-moy lequel de ces deux ennemis
Combat en temeraire, et doit estre soumis.

CLIMENE.

Sire, le sang vous parle, il ne faut que l'entendre,
Luy seul peut aisément le dire, & vous l'apprendre,
Oyez le seulement en des doutes pareils;
On est iamais trompé quand on suit ses conseils.

CLITARQVE.

Sire, l'amour vous parle, il ne faut que l'entendre,
On attaque vne Reine, & luy la veut deffendre,
Oyez le seulement en des doutes pareils;
Vn Monarque amoureux doit suiure ses conseils.

CLIMENE.

S'ils blessent son honneur, il faut qu'il les rejette.

CLITARQVE.

S'ils flattent son humeur, il faut qu'il les souhaitte.

SELEVQVE.

Que peut faire vn esprit en cette extrémité,
Le parjure, ou le meurtre est de necessité;

Il faut quoy que ie fasse, ou perdre Stratonice,
Ou si ie suis fidelle, il faut qu'un fils perisse.

CLIMENE.

Serez vous sans pitié?

CLITARQVE.

Manquerez-vous de foy.

CLIMENE.

Comportez-vous en pere.

CLITARQVE.

Agissez comme vn Roy.

SELEVQVE.

Ah cruels vous mettez mon ame à la torture!
L'vn parle pour l'amour, l'autre pour la nature,
L'vn consent à mes feux, l'autre n'y consent pas,
L'vn veut sauuer mon fils, l'autre veut son trépas;
Qui de vous me trahit, qui de vous me conseille,
A qui doy-ie donner mon ame et mon oreille,
Qui de vos deux auis tient plus de la raison?

CLITARQVE.

C'est le mien.

CLIMENE.

Le vostre ?

CLITARQVE.

Ouy.

CLIMENE.

C'est vne trahison.

CLITARQVE.

Sire, ainsi m'offencer deuant vostre personne.

CLIMENE.

Sire, ne punir pas le conseil qu'il vous donne.

CLITARQVE.

Il est vtile & bon.

CLIMENE.

Il est pernicieux,
Nuisible, temeraire, iniuste & factieux.

CLITARQVE.

Il promet du plaisir.

CLIMENE.

C'est qu'on se l'imagine.

CLITARQVE.

C'est le bien de l'Estat.

CLIMENE.

C'est plutost sa ruine,
Il esbranle le sceptre & le Royaume entier,
Puis qu'il luy veut rauir son unique heritier.

CLITARQVE.

Parlez mieux.

SELEVQVE.

SELEVQVE.

Taiſez-vous l'vn et l'autre,
Ie veux ſuiure mon ſens, non le ſien ny le voſtre,
La reſolution que ie prens aujourd'huy,
Vient de moy ſeulement, non de vous ny de luy;
Mon diademe, & l'or que l'on y voit reluire,
Iettent de la lumiere aſſez pour me conduire;
D'ailleurs le Ciel qui tient mon eſprit en ſes mains,
Le gouuerne bien ſeul ſans l'ayde des humains;
Ie ſçay que ie ne puis ſans bleſſer la Nature,
Armer mes paßions contre ma creature;
Et quoy que vous diſiez en faueur de l'amour,
Clitarque, ſon flambeau s'eſteint aupres du iour:
Mais auant qu'eſtouffer enti[illegible]*ame,*
Que la meſme beauté fit naiſ[illegible]*;*
Ie veux par vn moyen que ie viens de ſonger
Connoiſtre ſi mon fils eſt en ſi grand danger,
Si telle eſt ſon ardeur, & telle ma diſgrace,
Qu'il faille qu'il periſſe, ou qu'on luy ſatisface;
Climene, cependant faites voſtre deuoir,
A diſpoſer Meſſappe à ne point s'émouuoir,
A ne me traiter point d'ingrat & de parjure,
S'il faut que mon amour le cede à la Nature.

Il ſe tourne à l'vn & puis à l'autre.

SCENE II.

ANTIOCHVS.

On tire le rideau Antiochus paroist dans la chambre sur son lict.

STANCES.

Veux-tu paraistre vne vipere,
A celuy dont tu tiens le iour,
Miserable esclaue d'amour;
Veux-tu pour viure heureux faire mourir ton pere,
Seras-tu si [illegible] à ton sang,
Que [illegible] en l'ardeur qui t'altere
Estancher ta soif en son flanc.

Ingratte et lasche creature,
Souffre, & fais vn peu moins de maux,
Aprens des plus fiers animaux
A faire ton deuoir dedans cette auanture;
Eux qui n'eurent iamais de loy,
Et qui suiuent en tout leur brutale Nature,
Sont bien plus retenus que toy.

Depuis que le Ciel illumine

La terre auecque son flambeau,
A t'on remarqué qu'vn rameau
S'efforçast d'arracher sa tige ou sa racine ?
Qui des mortels a iamais veu
Qu'vne eau se reuoltast contre son origine,
Mon sang, pourquoy donc le fais tu ?

Respecte, & cheris dauantage,
Le lieu d'où l'on ta veu sortir,
Ie suis tout prest d'y consentir,
Fay, fay, rougir la terre & non pas mon visage,
Sors de mes veines pur & net,
Laue mon cœur d'vn crime, éteins en mon courage,
Le feu que Stratonice y met.

Helas que ce beau nom me touche,
Que i'ayme de le proferer;
Pour m'abstenir d'en souspirer,
Il faudroit que ie fusse aussi dur qu'vne souche;
Depuis qu'elle est hors de mon sein,
Cette aymable Princesse est encor en ma bouche,
Dieu ! qu'elle fait peu de chemin.

Mais apres tout, il ne m'importe,
Pres ou loing ie ne l'ayme plus,
Tous ses appas sont surperflus,
Quoy qu'amour soit vn Dieu, ma raison est plus forte;
Elle le surmonte auiourd'huy,

Il a surpris mon cœur, mais il faut qu'il en sorte,
La mort y vient au lieu de luy.

Icy Seleuque paroist dans vn cabinet d'où il entend Antiochus sans en estre veu.

C'est elle que i'attens, c'est elle que i'inuoque,
Tout le monde la fuit, & moy ie la prouoque;
Qu'elle tarde à venir, n'est-ce point qu'elle a peur
De mourir elle-mesme, en voyant ma douleur?
Ou si c'est qu'approuuant mes peines sans pareilles,
Comme elle n'a point d'yeux, elle n'ait point d'oreilles;
Ie ne puis que iuger de son retardement,
A cause que i'y cours elle vient lentement;
Et parce qu'elle sçait que sa pitié m'outrage,
Elle se fait prier pour me monstrer sa rage.

SELEVQVE bas.

Mon cœur à ce propos se fend par la moitié,
I'en exile l'amour, i'y reçoy la pitié,
Nature, pieté, ie cede à vos atteintes.

ANTIOCHVS.

Qui vient encor icy m'interrompre en mes plaintes?

SCENE III.

ERASISTRATE, ANTIOCHVS, SELEVQVE dans le Cabinet.

ERASISTRATE bas.

QVelque secret dessein que puisse auoir le Roy,
Fay ce qu'il t'a prescrit sans t'informer pourquoy.

ANTIOCHVS.

L'ayde de ce Vieillard m'importune & m'offence,
Que voulez-vous?

ERASISTRATE.

Seigneur, consultez mon silence,
Ie suis si fort surpris d'vn si prompt changement,
Que ie perds la parole auec le iugement.

ANTIOCHVS.

Qu'elle disgrace, ô Dieux ! quel accident peut-ce estre !
Mes maux sont-ils encor dans le point de s'accroistre,
Parlez, Erasistrate, & ne deguisez rien,
Rassurez vostre esprit pour émouuoir le mien?

ERASISTRATE

Le Roy dont vous tenez & les biens & la vie,
Tache de ruiner vostre amoureuse enuie,
Il adore Thamire, & son aspect fatal,
Le change de bon pere en vn fâcheux riual;
Stratonice n'est plus qu'vn obstacle à sa ioye,
Sa nouuelle fureur luy deffend qu'il la voye,
Il est dans le dessein de la congedier,
Et pour vous dire tout, de la repudier.

ANTIOCHVS.

De la repudier, il ne les peut sans blame,
Ses vertus & son rang sont dignes de sa flame;
De la repudier, c'est pour sa qualité,
Et trop d'ingratitude et trop d'indignité;
Il ne le fera pas, vne action si noire,
Obscurciroit le lustre, et l'esclat de sa gloire;
Ie n'ayme pas si peu son honneur & le mien,

Que ie ne parle icy contre mon propre bien ;
Malgré la paßion que i'ay pour Stratonice,
Ie n'auouëray iamais vne telle iniustice,
Ie me declareroïs indigne & lache Amant,
Si ie pouuoïs souffrir ce mauuais traittement,
Et mes iours ne feroient qu'vne honteuse course,
Si mon sang enduroit des taches en sa source.

SELEVQVE bas en se retirant.

O generosité qu'on ne peut trop loüer !
Ses feux sont trop discrets pour les desauoüer.

ANTIOCHVS.

Vous qui sçauez le change, & l'amour de mon pere,
Dans son aueuglement voudra-t'il qu'on l'éclaire,
Ne le vaincray-ie point auecque la douceur,
Entendra-t'il son fils, s'il deuient son censeur ?

ERASISTRATE.

Seigneur, sa paßion n'est pas encore telle,
Que la vostre ne soit beaucoup plus forte qu'elle,
Quoy que son feu soit grand pour l'esteindre aujour-
d'huy,
Dites que vous aymez en mesme lieu que luy.

ANTIOCHVS.

Ie ne puis auancer ce propos sans mensonge,
Puis que c'est seulement à Thamire qu'il songe;
Mais monstrons ma constance, & souffrons iusqu'au bout,
Tachons de le gaigner afin de perdre tout;
Erasistrate allons, i'ay de l'impatience.

ERASISTRATE.

Vous ne pourrez auoir vne prompte audience;
Le Conseil assemblé pour sçauoir son desir,
Escoute ses raisons qu'il expose à loisir;
Mais attendant qu'il vienne, il seroit necessaire
D'en parler à la Reyne.

ANTIOCHVS.

O conseil salutaire!
Il feint de vouloir sortir. *Ne perdons point le temps puis qu'il nous est si cher,*
Soutenez ma foiblesse, & m'aydez à marcher.

SCENE IV.

SCENE IV.

STRATONICE, THAMIRE, ANTIOCHVS, ERASISTRATE.

STRATONICE.

OV penſiez-vous aller, la chambre d'vn malade
Ne deuroit-elle pas borner ſa promenade ?
Remettez-vous au lict, mon Prince, croyez nous,
Où l'on vous rend honneur, vous courbez les genoux,
I'en demeure confuſe.

ANTIOCHVS.

Adorable Princeſſe,
Ie le fay par deuoir autant que par foibleſſe,
Et ſi vous me voyez ſi paſle & ſi deffait,
C'eſt que ie me reſſens de l'affront qu'on vous fait.
Au ſeul reſſouuenir de ce deſſein coupable,
Dont ie vous croyois franche & mon pere incaple,
Si le reſpect du ſang ne retenoit ma voix,
Ie publirois par tout qu'il offence les loix,
Qu'il ſe rend, & qu'il eſt la honte des Monarques:

Ses injustes projets en sont de bonnes marques,
Apres la lâcheté qu'il a pû conceuoir,
Ie crois en le blâmant faire bien mon deuoir ;
Vn fils n'est pas tenu de souscrire à son pere,
Lors que son cœur médite vn crime qu'il veut faire;
Le iour qu'il tient de luy n'oblige son amour
Qu'à souffrir ses desseins qui sont dignes du iour ;
Ceux que forme mon pere, en sont par trop indignes,
Il se fait, il vous fait, des reproches insignes :
Mais cette difference est admise entre vous,
Que quoy qu'il puisse dire, il les merite tous ;
Vos belles qualitez tant du corps que de l'ame,
Monstrent que ce n'est pas à tort que ie le blame,
Et qu'il est tout à fait sans esprit & sans yeux,
D'exiler de son lict vn chef d'œuure des Cieux ;
De vous répudier comme il se le propose,
De son authorité, sans respect & sans cause ;
Si ce n'est, qu'il allegue à sa honte auiourd'huy,
Qu'il ne sçauroit souffrir la vertu prés de luy.

STRATONICE.

A quoy tend ce discours ?

ANTIOCHVS.

A diuertir mon pere,
De préferer à vous vne autre qu'il espere ;

Vous sçauez mieux que moy ce fatal changement,
Pourquoy me cellez-vous vostre ressentiment?

STRATONICE.

Sortez, Seigneur, sortez de cette fantaisie,
Et de la vaine peur dont vostre ame est saisie;
Le Roy n'y songe pas, encore que ie sois,
Indigne de son lict où m'appelle son choix.

ANTIOCHVS.

Et vous belle Princesse, à qui les Dieux octroyent,
De charmer les humains aussi-tost qu'ils vous voyent,
Vous qui tenez leurs cœurs en des liens dorez,
Tairez vous, ma disgrace, ou si vous l'ignorez?
Me voulez-vous celer que mon pere vous ayme,
D'vn zele & d'vn amour iniuste autant qu'extréme,
Et que pour satisfaire à son desir brutal,
Il méprise, Madame, & deuient mon riual;
Tairez-vous que vos yeux ont son ame embrasée?

THAMIRE.

Parlez-vous tout de bon, où si c'est par risée?

ATIOCHVS.

Il montre Erasistrate.

A-t'on sujet de rire en vn mal apparent,
Si vous ne m'en croyez, i'ameine mon garent.

ERASISTRATE.

Le Roy vient, en faut-il vn meilleur tesmoignage.

SCENE V.

SELEVQVE, CLITARQVE, ANTIOCHVS, STRATONICE, THAMIRE, ERASISTRATE.

SELEVQVE à Clitarque.

H*omme lâche & sãs foy, laisse agir mon courage.*

CLITARQVE.

Escoutez .....

SELEVQVE.

Ie ſuis las d'eſcouter tes pareils,
Va t'en donner ailleurs tes infames conſeils,
Euite mon aſpect qu'il ne te ſoit funeſte.

Clitarque ſe retire.

ANTIOCHVS.

Sire . . . . .

SELEVQVE.

Il ſuffit, mon fils, ie compren bien le reſte,
Commencez d'eſtre heureux, ceſſez de m'accuſer,
Il eſt temps, il eſt temps, de vous deſabuſer;
Nous nous ſommes ſeruis d'induſtrie & de feinte,
Pour conoiſtre le trait dont voſtre ame eſt atteinte,
Nous l'auons découuert auec l'archer vainqueur,
Qui vous l'a decoché iuſques au fond du cœur;
Ne croyez pas mon fils, que i'aye eu le caprice
D'eſloigner de mon lict la belle Stratonice;
Iamais vn tel penſer n'entra dans mon eſprit,
Plutoſt telle fureur iamais ne me ſurprit;
C'eſt vne inuention que i'ay trouuée moy-meſme,
Par elle i'ay connu voſtre courage extreſme,
Par elle ie connoy voſtre amoureux ſouci,
Et par elle ie ſçay voſtre remede auſſi;

Cette aimable beauté de tant d'appas pourueuë,
Sur qui i'auois ietté le desir & la veuë,
Stratonice elle-mesme, & ses charmes puissans,
Rendent comme ce corps vos esprits languissans;
Que vostre bouche icy laisse parler vostre ame,
Auoüez hautement que vous aymez, Madame;
Confessez que ses yeux vous inspirent du feu,
Il est temps de le dire, & d'en faire vn aueu;
Assez vertueux fils vostre ame genereuse,
A souffert en secret vne ardeur amoureuse,
Qu'elle esclatte aujourd'huy ne me la cachez plus,
Parlez, & demandez sans craindre le refus.

THAMIRE bas.

Ie demeure interdite, & ie suis estonnée,
Qu'on m'oste vn Prince auquel on m'auoit destinée;
Mais montrons du courage au lieu d'en murmurer.

ANTIOCHVS.

Ah mon pere.

SELEVQVE.

Ah mon fils.

ANTIOCHVS.

Ie doy.....

SELEVQVE.

Tout eſperer,
Ne diſsimulez point, dites ſans artifice,
Ouy, mon pere, il eſt vray i'adore Stratonice,
Et ſi vous ne l'auez ie veux perdre le iour.

ANTIOCHVS.

Confus de vos propos, rauy de voſtre amour,
Honteux de découurir vne flame inſenſee,
Qui fait paſlir mon front, & rougir ma penſee;
Criminel enuers vous d'vn feu pernicieux,
Oſeray-ie parler, doy-ie leuer les yeux,
M'eſt-il encor permis de vous nommer mon pere,
Le puis-ie iuſtement puis que ie dégenere;
Car c'eſt aſſurement dégenerer de vous,
Que de porter mon cœur où vous eſtes eſpoux;
Toutefois ſi l'amour permet que ie m'exprime,
S'il me laiſſe parler en faueur de mon crime,
Et ſi voſtre bonté m'en donne le pouuoir,
Vous verrez qu'en faillant i'ay bien fait mon deuoir.
Alors qu'vn bel objet à nos yeux ſe preſente,

Nous en sommes esmeus rien ne nous en exempte,
Il luy faut obeyr, quoy que nous reclamions,
Et puis qu'il est aimable il faut que nous l'aymions;
Mais pour aimer ainsi l'on est point condamnable,
Ce premier mouuement est iuste & raisonnable,
Vouloir le surmonter ce seroit se trahir,
Vn homme doit aymer ce qu'il ne peut haïr;
Voicy donc seulement où consiste l'offence,
C'est quand nostre desir cherche la iouyssance;
Lors ce premier amour change de qualité,
Et n'est plus rien sinon qu'vne brutalité:
Ie confesse, grand Roy, que i'ayme Stratonice,
De cette passion qui ne tient rien du vice,
Mais ce brutal apas qui nous tire au plaisir,
Ne m'a iamais touché de l'ombre d'vn desir;
Tousiours vostre respect, & le soin de ma gloire,
Ont esté bien auant grauez dans ma memoire,
Et l'apprehension de choquer vostre ardeur,
A tousiours esloigné ce monstre de mon cœur;
Que s'il a quelquefois tasché de me surprendre,
L'honneur & la raison me sont venus deffendre,
Et i'auois resolu de le faire perir,
Et de le surmonter, en me laissant mourir.

SELEVQVE.

Viuez, viuez plutost, vostre vie est si belle,
Que ie souhaitterois qu'elle fut immortelle;

Antioche viuez, mais viuez bien-heureux,
I'approuue vostre feu puis qu'il est genereux;
Amour quand il luy plaist, nous eschauffe & nous bruste,
Alors on fait beaucoup si l'on le dissimule,
C'est resister assez que de rendre inconnu,
Et de tenir couuert ce tyran qui va nu:
Vous auez en ce point fait voir vostre courage,
Il n'est pas de besoin d'en montrer dauantage,
Quoy que cet ennemy vous dompte et vous abat,
Vous deuez triomfer apres vn tel combat;
Vostre vertu merite vn si digne salaire,
Qu'vn autre à mon auis, ne vous peut satisfaire;
Doncques pour vous oster de peine & de langueur,
Receuez de ma main ce present de mon cœur;
Iouyssez d'vn long calme apres tant de tempestes,
Et goustez les douceurs & les plaisirs honnestes,
Donnez-vous l'vn à l'autre, & la main et la foy,
Aymez-le comme espoux, aymez moy comme Roy;
Enfin viuez contens, & qu'vn succez si rare,
Vous assemble si bien que rienne vous separe.

Il luy presẽte Stratonice.

STRATONICE.

Puis-ie sans lacheté contenter vos desirs?

ANTIOCHVS.

Et puis-ie sans douleur posseder vos plaisirs;
Puis-ie voir la lumiere à vostre preiudice,
Puis-ie sans vn remors vous rauir Stratonice,
Et peut-elle non plus sans regret m'enflamer,
Nous faites-vous ce tort que de le presumer?

SELEVQVE.

Ces nobles sentimens que la vertu vous donne,
Affermissent ceux-là que l'amitié m'ordonne;
Stratonice est à vous, ne vous deffendez plus,
Tous vos propos seroient et vains & superflus;
Madame, ie vous prie en faueur de la flame,
Que vos perfections firent naistre en mon ame,
Et de plus en faueur de ce nouuel espoux,
De souspirer pour luy comme il languit pour vous.

STRATONICE.

C'est peu de soupirer, Sire, il faut que ie pleure,
Pleurer c'est encor peu, Sire, il faut que ie meure,
Et que ie m'affranchisse en courant au trépas,
Du crime d'obeyr, ou de n'obeyr pas.

SELEVQVE.

Ce que ie vous demande est iuste & legitime,
L'octroyer est vertu, le refuser vn crime;
Le Ciel n'inspire aux Rois que de iustes desseins,
Il assemble vos cœurs quand i'assemble vos mains;
Tesmoignez-vous tous deux vne tendresse esgale.

STRATONICE.

Sire, ie le chery d'vne amour coniugale,
Puis que vostre vouloir me l'ordonne aujourd'huy,
Ie ne suis plus à vous, ie ne suis plus qu'à luy.

SELEVQVE.

Que ie vous suis tenu de ceste complaisance,
Tout l'Estat vous en doit vne reconnoissance;
Mais escoutons Thamire, à ne voir que son front,
Elle croit en son cœur qu'on luy fait vn affront,
Détournons-en les yeux, & prestons les oreilles.

STRATONICE.

Vn pareil accident touche peu mes pareilles,
Non, non, ie ne croy point que ce soit vn mespris,
Ie suis pour Antioche vn assez digne prix;
Si la hauteur du throsne esleue sa famille,

S'il est le fils d'vn Roy, l'on sçait que i'en suis fille,
Et ie ne pense pas que l'on m'offence en rien,
Sçachant l'esgalité de son rang & du mien.

SELEVQVE.

I'ayme ces sentimens que la vertu suggere,
Mais ie me trompe fort, ou ie voy vostre pere;
Il tesmoigne qu'il est irrité contre nous,
Ses yeux sont enflamez du feu de son courroux,
Il le faut escouter.

SCENE DERNIERE.

MESSAPPE, SELEVQVE, ANTIOCHVS, STRATONICE, THAMIRE, CLIMENE, ERASISTRATE.

MESSAPPE.

DOncques tant de trauerses
Que m'ont donné les mers & les terres diuerses,
Doncques tant de dangers que i'ay courus sur l'eau,
Où ie n'estois tousiours qu'à trois doigts du tombeau,

Où les vents mutinez & Neptune en ſarage,
M'ont peint plus de cent fois la mort ſur le viſage;
Doncques encor vn coup, tant de trauaux ſoufferts,
M'ont en vain trauaillé pour vn bien que ie pers;
Vous trompez mon eſpoir, & par trop d'oubliance,
Vous rompez auec moy la paix & l'alliance;
Trahiſſez vous ainſi l'honneur & voſtre foy,
Vn Roy doit-il ainſi traiter vn autre Roy?

SELEVQVE.

Ce genereux courroux ſera-t'il de durée?

MESSAPPE.

Autant, & beaucoup plus que l'injure endurée;
Violez vn hymen que vous auez promis,
Vous eſtes à Damas où tout vous eſt permis;
Accordez Antioche à la beauté qu'il ayme,
L'onde qui m'amena m'emmenera de meſme,
Et ſi rien ne s'oppoſe à mes ſoins diligens,
Ie vous reuiendray voir auecques plus de gens.

SELEVQVE.

Par ce hardy propos vous menacez ma terre?

MESSAPPE.

Des plus sanglants effets que peut causer la guerre;
Puis que les doux moyens ne sont pas de saison,
I'allegueray des Roys la derniere raison.

SELEVQVE.

Ie n'apprehende pas qu'vne telle menace,
Trouble de mon pays la paix & la bonace;
Ie m'en vay vous oster, si mes vœux ne sont vains,
Et la hayne du cœur, & les armes des mains;
Il est vray qu'aujourd'huy ie romps vn mariage,
Dont ie vous ay donné ma parole en ostage,
Mais ce n'est point orgueil, ny manquement de foy,
Ces deffauts n'entrent point dedans l'ame d'vn Roy;
Les Dieux ne souffrent pas que la nature cache
Dans leurs plus beaux pourtraits vne si laide tache.

MESSAPPE.

Qu'est-ce donc qui vous porte à me desobliger?

SELEVQVE.

Il montre Climene. *Vn fils qui meurt d'amour que ie veux soulager;*
Ce sage confident aura pû vous apprendre,
Comme il a combattu deuant que de se rendre;

Et s'il n'a rien obmis de sa commission,
Vous connoissez l'objet de son affection.

MESSAPPE.

Celuy que vous faisiez le sujet de la vostre.

SELEVQVE.

Puisqu'il en est espris, il n'en aura point d'autre,
Ie serois bien cruel, le pouuant secourir,
De ne le faire pas, & de le voir mourir;
Nature souffriroit en cette procedure,
Et le courroux du Ciel vangeroit la Nature.

MESSAPPE.

Sçaurois-ie receuoir vn plus grand déplaisir.

SELEVQVE.

Ie vous demande encor vn moment de loisir;
Vn illustre parti qui me tient de bien proche,
Vn Prince aussi puissant que peut l'estre Antioche,
D'aussi grande sagesse, & d'aussi grand renom,
(Luy-mesme l'auouëra quand il sçaura son nom;)
Enfin vn conquerant de Royale naissance,
Qui sçait tenir vn peuple en son obeïssance;
Qui sçait comme il faut faire & proposer des loix,

En reçoit de Thamire, & brusle pour son choix;
Il l'ayme d'vne amour außi sainte qu'extréme,
Et pour bien l'exprimer, il s'ayme moins soy-mesme,
Auisez si les vœux de ce nouuel amant......

MESSAPPE.

Ah traitez moy de grace vn peu plus noblement;
Quel sortable party trouuez vous à Thamire?
Tout autre qu'Antioche en vain l'ayme & l'admire;
Les plus grands d'apres luy sont des sujets trop bas,
Et qui ne regne point, ne la merite pas.

SELEVQVE.

C'est vn Roy qui l'adore, & qui vous la demande,
Vn Roy qui ne craint rien, & que tout apprehende,
Que l'on redoute en guerre, & que l'on ayme en paix,
Enfin c'est moy, Seigneur, voyez si ie vous plais?

CLIMENE.

O bon-heur sans pareil!

ERASISTRATE.

O merueille!

ANTIOCHVS.

ANTIOCHVS.

O prodige !

MESSAPPE.

Cette offre me surprend autant qu'elle m'oblige,
Ie ne me flatois pas d'vn si superbe espoir ;
Seigneur, mes volontez suiuent vostre vouloir,
Disposez de Thamire, & de moy-mesme encore,
Ie veux qu'elle vous ayme, & qu'elle vous honnore,
Ma fille approchez-vous, ne consentez vous pas,
Que ce Roy glorieux regne sur vos appas.

THAMIRE.

Si vous le commandez, ie sçay que la naissance
M'oblige entierement à cette obeyssance.

MESSAPPE.

Ouy, ie vous le commande auec l'autorité,
Que me donne sur vous le sceptre & la clarté.

THAMIRE.

C'est assez, ie n'ay plus de desirs que les vostres.

STRATONICE.

Quels bon-heurs, quels plaisirs, sont plus grands que les nostres?

SELEVQVE.

Puis que malgré l'enuie, & la hayne du sort,
Nous surmontons l'orage & nous entrons au port;
Puis que tout nous succede, & que le Ciel propice,
Est d'accord qu'Antioche espouse Stratonice,
Et qu'il permet de plus en faueur de mes feux,
Que Madame, autorise & reçoiue mes vœux;
Allons dedans le Temple asseurer nostre ioye,
Et lier nos destins par des liens de soye;
Qu'vn double & sainct Hymen assemble en ces bas lieux,
Ce que les Immortels ont vny dans les Cieux.

MESSAPPE.

Allons, mes sentimens approuuent vostre enuie.

ANTIOCHVS à Seleuque.

Quel pere à son enfant donna deux fois la vie?
Cependant il est vray que vostre grand amour,
M'a donné par deux fois & le sceptre & le iour.

CLIMENE.

Nous ne deuons qu'à vous la paix de la Prouince,
Le repos de Seleuque & la santé du Prince.

ERASISTRATE.

Vous ne deuez qu'aux Dieux, pour ces bien-faits recens,
Des Temples, des Autels, des vœux, & de l'encens.

FIN.

AVX LECTEVRS.

VNe fievre de quinze iours qui m'a empesché de voir les Espreuues, a esté cause que quelques fautes se sont glissées sous la presse de la part de l'Imprimeur; Ie vous supplie de les remarquer, & de ne prendre pas garde aux miennes.

Fautes suruenuës à l'Impression.

Page 9. vers 2. nos lisez vos. p. 12. vers 3. les lis. le. p. 13. vers 10. tant lisez de tant. pag. 14. le 13. vers est supposé, en la mesme pag. vers 21. hymen lisez accord. pag. 29. vers 10. la faute que i'ay faite, lisez les fautes que i'ay faites. pag. 47. vers 4. nostre lisez vostre. p. 54. vers 20. nuisible, lisez inuisible. pag. 107. vers 10. Dieu, lisez Dieux, au mesme vers, qu'elle fait, lisez qu'elle a fait. pag. 110. vers 13. les, lisez le.

www.ingramcontent.com/pod-product-compliance
Ingram Content Group UK Ltd.
Pitfield, Milton Keynes, MK11 3LW, UK
UKHW022109190726
13855UKWH00002B/744